我知道

任初 著

×

风里 有
你的气息

贵州出版集团
贵州人民出版社

图书在版编目（ＣＩＰ）数据

我知道风里有你的气息 / 任初著. -- 贵阳 : 贵州人民出版社, 2016.11（2020.3重印）

ISBN 978-7-221-13671-8

Ⅰ.①我… Ⅱ.①任… Ⅲ.①长篇小说 – 中国 – 当代 Ⅳ.①I247.5

中国版本图书馆CIP数据核字(2016)第276205号

我知道风里有你的气息

任初 著

出 版 人	苏　桦
出版统筹	陈继光
选题策划	胡晨艳
责任编辑	钱海峰　黄彦颖
流程编辑	黄蕙心
特约编辑	菜秧子
装帧设计	昆　词
出版发行	贵州人民出版社（贵阳市观山湖区会展东路SOHO办公区A座，邮编：550081）
印　　刷	三河市华东印刷有限公司
开　　本	880×1230毫米　1/32
字　　数	170千字
印　　张	8
版　　次	2017年2月第1版
印　　次	2017年2月第1次印刷 2020年3月第2次印刷
书　　号	ISBN 978-7-221-13671-8
定　　价	42.00元

目 录
CONTENTS

第一章

绯闻女友通常都是炮灰

　　盛夏，何栖梧迎来了她认为的有史以来最漫长的暑假，好生无聊。

　　在这之前，她中考时发挥一般，文理偏科严重，离梦想的学校差了几分，所幸，她顺利地进了一中的重点班。

　　发小李禾蔓则是学校倒贴钱请她来上尖子班，何栖梧为此郁闷了几天，差距怎么就如此大呢？

　　何栖梧她妈向来要强，自家女儿在小升初的时候成绩优异，去的学校也比李禾蔓好，师资力量和生源都是那一届最好的，怎么到最后何栖梧就没考得过李禾蔓了？最后，一番逼问下，何栖梧终于和盘托出，寄宿的那三年她也就最后半年认真学习了一下，其余时间都荒废了。要说成就感，她还是有一些的，比如说那三年她长了三十斤的肉，个子也长到了全班女生中的第二高，只能说她初中校园的水土不错，把骨瘦如柴的何栖梧养成了肤白貌美的大姑娘了。

于是，何栖梧她妈自我安慰道，没事，自家女儿比李禾蔓漂亮这一点就比什么都强，这个社会除了看家世背景更看脸。她心理得到了平衡，但说什么也不让何栖梧高中再寄宿了。

何栖梧求之不得，不用自己洗衣服了，人生真美好。

何妈之前问过何栖梧她那三个室友都考进哪所中学了，何栖梧撒了个谎回不知道。

顾莱和她都是一中，赵南是省Y中，井榆是Y大附中，随便哪所学校都能碾压一中，一中则变成学渣聚集地。何栖梧当然不能说，要不然她这个暑假就没好日子过了，肯定要被她妈念叨死。

晚上，何爸下班回来给了何栖梧一个盒子。

何栖梧眼睛都亮了，是最新款的手机，她立即嘴甜地说："我爱死你了，老爸。"

何栖梧装好手机卡后将手机开机，登录了手机QQ，将手机号码挂在QQ签名上。不一会儿，就收到了好几个初中同学的短信，除了她的三位室友，还有顾希武发来的。

她一一回复，并保存了他们的手机号码。

打完"顾希武"这三个字，按下保存，她有些犹豫。

顾希武考到哪里了？她其实还是有一些好奇的，作为每一次考试都排年级第一碾压无数学渣的学霸，哪里是他的归宿？是省Y中吗？最终她还是拉不下脸去问顾希武，她倒是在室友创建的四人小群里问了，这三个人和顾希武的关系都不错，兴许会知道。

井榆：你都不知道，我们怎么可能知道呢？

何栖梧：你们都不好奇吗？谁去问问他本人呗？

赵南：栖梧，他的成绩考省 Y 中挺稳的，好吗？

顾莱：我刚问了，一中。

赵南：What？！

何栖梧心情有些微妙，替他可惜的同时也有些幸灾乐祸，活该！

不过，他这样的人进一中实在是恐怖分子，这是想要用机关枪扫射学渣们的节奏吗？还给不给学渣们活路了？

班级 QQ 群里，大家都在热火朝天地商量着去哪里聚会。这个群何栖梧早就屏蔽了，因为老班也在这个群里，所以平日里大家都很少说话。如今脱离了老班的魔爪后，大家才变得有些肆无忌惮了。如果栖梧没记错，有几个同学几个月前不是还在商量着毕业后要把老班揍一顿解气的吗？难道说真到了毕业就舍不得下手了？

老班：顾希武，是金子在哪里都会发光的，老班相信你的未来一定是明亮璀璨的。

老班是教语文的，眉清目秀，清高冷傲，说话时总是无意识地竖起兰花指，总会被学生们暗地里评价不够阳刚。法国有著名作家雨果，他就给自己取了个笔名叫雨子，爱好写些酸腐文章，颇有旧时秀才的调调。

他难得在群里说话，而且还是这么煽情的话，威力很猛。

在他这话一出现后，大家都不再说话了，连聚会去哪家饭店也不再讨论了。大约过了十分钟，顾希武才出来缓解了群里的尴尬，回：我会加油的，老班。

何栖梧想老班一定很郁闷，得意门生最后居然考到一中，还没赵南和井榆考得好，这下子奖金少了很多吧。

老班没说什么了，但是他后来私 Q 了何栖梧。

老班：顾希武为了你放弃了省 Y 中而去了一中，老班真后悔当时没拆散你们。不过事已至此，老班祝福你们吧，顾希武为你牺牲这么大，你要跟他好好的。

何栖梧郁闷极了，自己未免太无辜了吧，这个黑锅究竟要背到什么时候？

那时候是刚开学，顾希武就收到了其他班女生的情书，文笔好得让读者十分动容，女生长相清秀甜美，但跟顾希武这种校草级别的大神在一起还是显得配不上。何栖梧以为结果跟以前是一样的，追顾希武的人多了去了也不差她这一号人，但是顾希武却说他想试一试。何栖梧说你想试试就试试吧。

过了些天，不知道从哪里传出来的小道消息说何栖梧和顾希武是一对。何栖梧想澄清都不知道要找谁说去。后来，她才知道始作俑者就是陆怡，她在给顾希武写回信的时候被她的老班当场抓到，然后被叫去了办公室问话。

当时陆怡并不承认自己早恋，而是说自己单方面暗恋着顾希武，而顾希武一直以来都是和何栖梧是一对。她老班警告了她一番后就放她走了，但这件事还是被何栖梧和顾希武的老班知道了。老班偏心眼，不找顾希武就找了何栖梧一个人谈话，让她注意影响，大概是知道顾希武的成绩不会被她影响就睁一只眼闭一只眼了。

陆怡对顾希武坦白一切后，他们就分手了。何栖梧当时就很疑惑，也不知道他们是不是为了掩人耳目打算到中考后再狼狈为奸。

现在看来，顾希武是为了陆怡才去一中的吧，而不明真相的人，显然不这么认为。

她很生气地回：老班，其实，你想太多了。

说完，何栖梧就退出了QQ，将手机放在一边，闭眼睡觉。

刚有了睡意，就被手机来电铃声吵醒了，何栖梧看到屏幕上闪动的顾希武这个名字怔了怔，但最后还是按了接听键。

"喂？顾希武，什么事？"

"对不起，何栖梧，刚刚老班来找我，问我和你之间出了什么事，我跟他解释了，我和你其实就是单纯的同学关系，我选择进一中也不是为了你。以后，你不用再为此感到烦恼了。"

我当然猜到了，你不是为了我，我哪有那么大的魅力啊？何栖梧在心里默默说。只是，真听他说出来，她却有些不甘心。

"顾希武，你把我利用完了就想把我踢到一旁去，天下哪有这样的好事？"何栖梧怒了。

"那你想怎么样？"顾希武问。

何栖梧沉默了会儿，笑了笑说："我不想怎么样。我困了，我先睡了，再见！"

"等等，班级聚会你会去吧？"

"不会。"何栖梧说得斩钉截铁。如果他不给她打这个电话，她会去的，但现在，她觉得他太讨厌了，她不想见到他。

"好吧，栖梧，晚安。"

挂了电话后，何栖梧没忍住掉了眼泪。

许久之后，耳畔似乎还回荡着他的那一声"栖梧"，她从没告诉过别人，在所有的声音里，她最喜欢顾希武叫她名字的声音，温柔缱绻，带着魔力，轻轻敲打着她的心房，所有的感觉都是麻酥酥的。

　　顾莱参加完同学聚会后给何栖梧打电话，告诉她："你没来参加同学聚会有些可惜。"

　　"为什么这么说？"何栖梧好奇。

　　"仲锡遇本来是要在聚会上跟你表白的，没想到你没去，很是失落，然后他因为心情郁闷就喝多了，最后还是顾希武送他回去的。"

　　"你确定仲锡遇那个大闷骚喜欢我？"何栖梧有些不敢相信，他们平时连话都很少说，主要是因为仲锡遇话太少了。

　　"是啊，我十分确定。"

　　"哦。"

　　"栖梧，你会接受仲锡遇吗？"顾莱突然一本正经地问。

　　何栖梧有些恍惚，觉得好笑，有很多话想要说却还是不能说，最后只能说："不会。"

　　"为什么？上次我们在宿舍里说自己喜欢的男孩名字，你说的是仲锡遇啊。"

　　"顾莱，我当时是瞎说的，我没有喜欢的人。"

　　那是因为你先开口说了顾希武啊！何栖梧心里很难受。

　　"原来是这样啊。"

　　顾莱的语气有些失落，何栖梧有些不自在，想要结束通话的时候，又听到她说："栖梧，下周三我们一起去泡温泉吧，我有几张门票，赵南和井榆都会去，现在是试营业，人不会很多，到时候我们可以尽情地玩。"

"好啊。"

"那我们就这样说定了哦，到时候你提前准备下泳衣。"

"保守点的还是比基尼？"何栖梧开玩笑地问。

顾莱笑了："就你那胸，你还是低调点吧。"

何栖梧低头看了看，确实无奈，太不争气了："那好吧，我们到时候电话联系。"

Y市每到夏天，外面热得就跟个火炉似的，甚是难熬。早些年，何栖梧还会去市区的游泳馆或者是水上乐园消暑，但每次去人都多得跟下饺子似的，她就再也不去凑热闹了。后来一到夏天，她就闷在家里，到晚上才会出来在小区里散散步晒晒月光，所以，别人夏天晒得黑不溜秋就她白得让人羡慕。因为暑假待家里，她什么事都不用做，何妈把她伺候得好好的，这也导致了她的性格变得越来越懒散。

何妈一直都瞧不上何栖梧她爸的性格，太不争强好胜了，在私企单位熬了二十年也才混了个科长的职位。虽说年薪在Y市还算不错，但是他单位别的部门的科长明显就比他会捞好处，房子买了一套又一套的，她跟那些人的夫人在一起玩明显就比别人矮半个头。偏偏何栖梧的性格也随了她爸，凡事只求中等不吊车尾就行，不会给自己太大压力，要命的是学习也是这样的态度，每次考试都第一个交卷，从来都懒得去检查一遍试卷，这自己惯自己的本领真是他们何家一贯的传统。

何栖梧一直都说她妈三观不正，贪婪、虚荣、势利，就比如何妈希望她和顾莱的关系一直好下去，因为顾莱是何爸公司董事长的孙女、CEO的女儿。何妈一直都觉得何爸升职是因为顾莱的原因，有时候，何栖梧真替她爸觉得委屈。

言归正传，何妈在知道何栖梧和顾莱要去泡温泉特地带她去买了新的泳衣，还买了几条新裙子、一双新鞋和一个新包，回家的路上又在小区门口的水果店买了些哈密瓜和西瓜，想着明天切好放保鲜盒里让栖梧她们在路上吃。回到家看着她妈忙前忙后的，栖梧觉得她妈也没那么不好了。

顾莱订的温泉会所在城南郊区，没有直达的公交车。

何栖梧一开始还有些担心要怎么过去，不过顾莱说她妈妈会安排车接送，何栖梧她们到时候在市中心等就行了。这一天，何栖梧到达约定地点没等多久就坐上了顾莱她家的车，一行人高高兴兴地吃着水果往郊区赶。

窗外晴空万里，风轻云净。

到达温泉会所后，顾莱有些支支吾吾地对何栖梧她们说："我忘记说了，我还喊了仲锡遇和顾希武。"

井榆和赵南都有些尴尬，原先以为只是单纯的室友聚会，一下子突然多了两个男生，还要让他们看到自己穿泳衣的样子，怎么想都觉得不好意思。但既然来都来了，就算再怎么不情愿也只好客随主便了。

何栖梧有些不爽了："你喊顾希武来我能理解，你喊仲锡遇来是什么意思？"顾莱明明就知道，从她清楚仲锡遇对栖梧的心思后，栖梧就已经没办法面对仲锡遇了。仲锡遇一直都想加栖梧 QQ 好友，但都被她无视了。

顾莱不自然地咬了咬唇，说："我觉得上回他没表白成功有些可惜。"

你非要把我塞给一个人才甘心是吗？何栖梧在心里冷笑，面上也没有给个好脸色，对顾莱说："我不想见到他，你把门票给我，我先进去了。"

这一次赵南和井榆都站在何栖梧这一边，顾希武他们还没到，顾莱就坐在会所大堂的沙发那儿等他们，何栖梧她们先去洗澡换衣服了。顾莱想着反正温泉会所就这么点大还怕到时候找不到她们。

何栖梧她们洗完澡后出来就有人递上浴巾让她们裹着去换衣室，当她们换好泳衣出来又有工作人员给她们披上干净的大毛巾，服务贴心周到。等到她们坐在化妆间的镜子前把头发都梳成丸子头时，顾莱就来了。

顾莱说："你们等等我，我很快就好。栖梧，你别生气了，我跟仲锡遇说了，你今天心情不好，总之今天不会出现让你觉得尴尬的事情的。"

"那就好。"何栖梧缓了缓心情，给顾莱一个台阶下，轻轻地笑了，"好了，你快去洗澡了，我们在这儿等你。"

顾莱离开后，赵南摇摇头，问："你们说顾莱这么喜欢顾希武，顾希武知道吗？"

"也许知道呢。"井榆笑笑。

何栖梧不动声色地转过身去对着镜子用黑色发夹将头上的碎发

固定好，心里有些酸楚。

我也喜欢顾希武啊。

温泉会所有好几栋楼，主楼主要是给客人们休息的地方，这里有餐厅、游戏厅、电脑室、健身房、按摩房等。从主楼出来是一条古色古香的长廊，长廊上方被绿植包裹着，一点都晒不到太阳，出了长廊就是红酒泉、牛奶泉、白酒泉、人参泉等泉池。何栖梧看到了红酒泉里泡着的正是在说笑的顾希武和仲锡遇，顾莱小跑着过去跟他们打招呼，何栖梧她们三个则进了牛奶泉。

何栖梧刚想要蹲下就觉得头晕、气喘不过来，连忙起身，纳闷地问赵南她们："你们泡温泉会觉得不舒服吗？"

赵南她们摇摇头，说不会。

何栖梧又试了试，还是不行，总感觉心脏承受不了，像是有什么东西压在了心上。她看赵南和井榆泡得很开心，为了不扫兴，她忍着泡了会儿就出池披上毛巾离开了。这里有很多假山堆砌起来的山洞，每个洞里都有一个泉池，在确定自己泡温泉会不舒服后，何栖梧就显得意兴阑珊了。

会所还有两栋副楼，都是室内游泳馆，在主楼和副楼之间是各式各样的户外项目，有造浪池、漂流河、离心滑道、攀岩等。何栖梧觉得她今天是要跟这些项目耗上了。她先去了室内游泳馆，馆内游泳池里一个人都没有，工作人员给她套上一个游泳圈让她下水，她就任由着游泳圈带着她漂在水中，闭上眼睛，身心放松，悠闲惬意极了。

　　但没过多久，顾莱他们都来了，顾莱高兴地说："原来你一个人躲这里了啊，我们找你半天了。"

　　顾莱会游泳，没要游泳圈就跳下水，溅起了阵阵水花，正好打在栖梧脸上。何栖梧用手抹了把脸，睁开眼就看到顾莱幸灾乐祸地朝她游来。岸上站着仲锡遇，他的眼睛里只有何栖梧，视线灼灼，何栖梧看向他时正好与他四目相视，她似乎看到仲锡遇白皙的脸颊上出现了红晕。

　　这是何栖梧和仲锡遇放假后的第一次见面，仲锡遇显得有些局促不安。反观一边的顾希武，正和赵南她们在玩香蕉船，香蕉船翻了，赵南掉进水里，顾希武笑得没心没肺。

　　他是要把自己当陌生人、当空气吗？何栖梧失落地低了低头。

　　仲锡遇想着今天顾莱的话，他也没去跟何栖梧说话，而是加入了顾希武他们玩乐的队伍。

　　何栖梧心想，算你识相。

　　顾莱又捧了一把水直接浇到何栖梧脸上，何栖梧也不示弱，和她对干起来，笑声连连。

　　就这样在游泳馆玩到中午，一行人才回主楼用午餐。

　　这个时候的何栖梧也不再别扭了，和大家玩成一片。

　　她告诉自己，她应该理解仲锡遇那种心情的啊，她与他不正是同样的可怜人，他们都挣扎于暗恋的旋涡里，得不到解救。

　　午餐是自助餐形式，大家的食欲都很好，外面的日头越来越毒辣，他们几个人索性都不再出去，先睡个午觉再说。

主楼的休息室按摩椅排了几排，何栖梧挑了个角落的位置躺下，这时，顾莱给她端来了一个果盘，随即在她身边的按摩椅上躺着，边吃水果边有一搭没一搭地和她聊天。今天的顾莱处处都在看何栖梧的眼色，大概也是因为这三年来何栖梧第一次跟她生气，所以她变得很小心翼翼。

后来，何栖梧实在太困了，微笑道："午安。"

顾莱也笑了，她知道栖梧不生气了，随即起身走到顾希武那边看他们打牌。

何栖梧这一觉睡到了三点钟，她坐起身来发现休息室里一个人都没有了，而她的身上多盖了一条大毛巾。她感觉脑袋有些蒙，吃了点西瓜后就去外面找他们了，然后在造浪池看到了他们，他们几个手拉着手并排站着迎着浪，这一幕可真令人羡慕。何栖梧又站了会儿，往漂流河走去，一个人玩了一圈又一圈，没人打扰，好不惬意。

后来，顾希武手里拿了两根烤肠向她走来，递给她："别玩太疯了，你体质太差，很容易感冒。"

何栖梧有些饿，吃得很香，吃完后将烤肠木棍递给顾希武，让他去找垃圾桶扔。

顾希武扔了垃圾后回来坐在何栖梧身边，他的身上搭着毛巾，但是小腹上有些痘痘样的东西，何栖梧觉得眼熟。她看了看自己手臂内侧长着同样的水痘疤，想起了一些事，忍不住问："我去年那时候把水痘传染给你了是吗？"

顾希武随着栖梧的视线低头看了看自己的腹部，嘴角微微上扬："你还说呢，你害得我回家挂了一个星期的水。"

"你怎么不告诉我？"

"告诉你让你幸灾乐祸，我偏不。"

"我说不定会内疚啊，说不定在那之后我会对你好点。"

顾希武轻叹了口气，无奈地说："那时没人愿意跟你玩，都知道水痘会传染，你是怎么跟我说的，你说医生说你这不是水痘，不传染的，然后我才没躲着你的。谁知道当天晚上我就发烧出痘了。栖梧，你骗死人不偿命。"

何栖梧吐吐舌头，那都是因为她妈怕她耽误学习让她说谎的。她也是抱着侥幸的心理，以为没那么容易传染的，没想到还真祸害到人了。

"顾希武，我们那时候怎么就能玩得那么好？"

顾希武回答不上来，沉默了片刻，而后说了一声"对不起"。

而何栖梧想要的从来就不是对不起啊。

她多希望时光能够倒退，顾希武一直在她身边，没有别人能真正进来他们的圈子。

事实上，她到现在都还不能彻底接受她和顾希武的关系已经远了的这个结果。他们坐了三年的前后桌，在所有的女生中，和顾希武玩得最好的人就是何栖梧了，顾莱一直都羡慕她来着。她抄了两年的顾希武的上课笔记以及寒、暑假作业，别人不好意思跟顾希武说的事，只有她好意思去跟顾希武说。

她想，为什么他们的关系就不能一直好下去呢？如果结局是这样的，那么她宁可从来就不曾拥有过顾希武的好啊。

得到又失去的这种痛苦，她承受不了。

她始终都记得那个傍晚，教室里就只有他们两个人，他帮她买了一碗鸭血粉丝汤，细心地给她挑光了所有的香菜。这份温柔，是所有人都不曾在顾希武身上见过的啊。这几个月，栖梧每次想到那一幕，都会觉得心痛。

其实很多年后，她常常都会不由自主地想起那一幕，那一幕的记忆根深蒂固地扎在了栖梧的脑袋里生根发芽，她为此心痛了很多年，她将手抵在胸前心脏处，仿佛只有这样才能减轻些痛苦。而那时，她已经能够确定顾希武爱过她，就如她对他的感情一样深刻，只是那时，她已经不知道该如何找回他了。

温泉行结束后，何栖梧就被她妈送去了补习班。何妈神通广大地跟她同事的女儿借了下一个学期的课本。在补习班里，何栖梧见到了赵南和井榆，这让她们三个一边感慨着城市真小一边泪流满面。

何栖梧每天的生活都过得很充实，QQ上来找她聊天的人越来越少，大家似乎都很忙。顾莱去了欧洲游学，听说是跟顾希武报的同一家夏令营，偶尔会给她发一些英伦帅哥的照片。仲锡遇在那次温泉行后终于加上了何栖梧的QQ，但是他一次都不敢来烦她。

补习班结束的那天是何栖梧的阳历生日，但她只过阴历生日，所以除了家人其他人都不知道这个日子的特别之处，然而在那天她接到了邮局的电话，说有个包裹给她放在了小区物业那里了。

何栖梧从补习班下课回来后就去了物业办公室，有人给她寄了一个和她一样高的白熊公仔。她很是狼狈地将白熊公仔搬回了家，一路上接受了所有路过邻居的注目礼。

她妈见到这个白熊公仔后吓了一跳："你买的啊？"

何栖梧如实回答："不知道谁送的。"

但她妈显然不信，用有些夸张的语气问："你不会是早恋了吧？"

"才没有。"何栖梧激动地否认。

"何栖梧，我警告你哦，不许早恋听到没？"

何栖梧瞪了她一眼，恶狠狠地回："我心里有数。"

何栖梧把白熊拖到房间，拆开了塑料包装袋，左看右看，在它的围巾里发现了一张小卡片。

"生日快乐！栖梧。"

这是……

栖梧眼睛突然湿润了。

这分明就是顾希武的字啊，他的字一贯的特点就是苍劲有力、笔锋分明。

这时房间门被打开，何栖梧赶紧将卡片藏进了枕头下，擦了擦眼泪，冲着她妈笑问："怎么样？和我的房间配不配？"

何妈没回答她而是问："你真不知道是谁送的？"

"我真的不知道。"何栖梧显得有些不耐烦。

何妈也不再说什么，而是打开何栖梧的衣柜拿出行李箱给她收拾行李，她这才想起来她明天要去山东亲戚家玩的。

回来的时候也差不多要开学了，也就是说这个漫长的暑假真的要接近尾声了。

何栖梧突然就有点舍不得了。

想到接下来漫长的学习生活，她有些排斥。

何栖梧再次胸无大志地说："我怎么不生在古代，整天在家绣花做女红多好。"

"然后你就嫁给一个五六十岁的老头子。"何妈瞥了她一眼接话。

"我不嫁。"何栖梧入戏很深，一副抵死不从的样子。

"那时候是包办婚姻，婚姻大事由父母全权做主，你的意见不重要。生在古代你还要裹小脚，现在你还想生在古代吗？"

"不了。"

何妈给她收拾好行李后再三叮嘱她去了亲戚家要听话懂事，不要像在家这样懒。何栖梧满口答应。

深夜，何栖梧有些失眠，沙发上那个公仔此刻正在黑暗中盯着她看，她被看得浑身发毛，然后她下床把白熊塞进了衣柜，开了书桌上的灯，将枕头下的卡片小心翼翼地夹在了一本作文书里。她开了电脑，登录 QQ，给顾希武发了信息过去。

何栖梧：在吗？公仔是你送的？

顾希武：你喜欢吗？

何栖梧：不喜欢，有时间你给我拿回家去，它的眼睛绿油油的太恐怖。

顾希武：是吗？不好意思了。栖梧。

何栖梧：嗯。

顾希武：我们还能回到从前吗？

何栖梧：能吧。我困了，先下了，晚安吧。

顾希武：好，栖梧，晚安。

何栖梧盯着他发来的聊天对话看了很久，直到眼睛都酸了，才
下线关了电脑。

这几年，何栖梧一直都习惯听着一档电台节目入睡，这是一个
点歌听歌的节目，叫"夜色温柔"。她觉得主持人燕子的声音十分好听，
每天晚上十点开始，有很多好听的歌，迄今为止，她最喜欢的歌还
是《童话》。看 MV 的时候她哭得稀里哗啦，尽管心里清楚那是假的，
但是她还是忍不住难过。

相爱的两个人为什么就不能在一起？那个女生为什么要生病？
她死了，留下了那个男孩要怎么办？何妈说得一点都没错，何栖梧
有时候就是矫情，入戏太深。

而就在今晚，她听到的《童话》这首歌是有个人专门送给何栖
梧的，那个人要祝她生日快乐。尽管没有留名，但是何栖梧就是知
道那人是顾希武，也只有顾希武知道她所有的喜好。

连她爸妈都没办法做到这么了解她，但是顾希武做到了。

就是这样的一个人，他们之间有着太多太多美好的记忆了，叫
何栖梧怎么舍得放手？

朋友和陌生人，还是继续做朋友吧。何栖梧想，如果真做了陌
生人，她会难过死的。

所以，顾希武，我们当然还能回到从前，我会努力只把你当作
是朋友。

第二章

我们会一直好下去

WOOZHIDAO
FENGLI
YOUNDEQIXI

　　8月的最后一天，何栖梧由爸妈带着去学校注册报到。

　　学校门前的那条林荫大路一直在堵车，她正在车里听着MP3里的歌，就看到前面那辆奥迪车上下来一个人，穿着简单的白T恤和蓝色牛仔裤，那侧脸怎么就那么像顾希武。

　　哦，不是像，那就是。他跑去小超市买了几瓶水出来然后上车，何妈看着这一幕，直感慨："那男孩子长得真好看，跟你爸年轻的时候一样帅。"

　　"那是我初中学校蝉联三届的校草。"何栖梧说。

　　"你认识他啊？"何妈觉得新奇。

　　何栖梧不再说话，心里腹诽：当然认识，我还是他的绯闻女友呢。

　　何爸掏出一张五十块钱给栖梧："去买几瓶水，还不知道什么时候才能开进校园。"

何栖梧应了一声，刚要开车门下车就被何妈阻止了。

"栖梧你别去，你现在尽量避免晒太阳，我要是知道你去个山东都能晒得跟非洲回来的人一样，打死我都不会让你去玩的。我还没找你舅舅他们算账呢，我白白胖胖的姑娘去玩回来就变成小麦色肤色了。"

何栖梧听这话耳朵都长茧了，皱眉："妈，你别太夸张了好吗？"

"行了，你别去，妈妈去买。"说完，何妈就下车去买了。

外面的温度，何栖梧能够想象，肯定热得跟个蒸笼一样，打个蛋在地上都能熟。

何爸感慨："你妈还是挺惯着你的，你要记着她的好，以后别老是惹她生气。"

"我知道了，爸。"何栖梧平时没少说大逆不道的话去刺激她妈，现在想来真有些自责。

好不容易在篮球场停好车，何栖梧下车就感受到了一股热浪，正流着汗的时候就看到了不远处的顾希武，他也看到她了，冲她笑了笑。何栖梧突然就觉得有一股凉爽的风穿过了她的心房。

公告栏上张贴了这一届的新生红榜，一中有个非常讨喜的传统那就是不用进行分班考试。何栖梧估摸着她的名字应该在中间那段，果然很快就找到了自己的名字，她被分在了六班，同时，她也看到了顾莱的名字。

居然是同班，这顾莱究竟花钱买了多少分啊？

何妈想起顾莱那可怜巴巴的中考分数，酸溜溜地说着："有钱真好。"

"妈，你先跟我爸去六班教室交学费吧，我再看看。"何栖梧想支开她爸妈。

何妈也没多想："那你看完快点来找我们。"

"好。"

等何爸何妈走远了，何栖梧才挪动步子，从公告栏的最右边一直看到最左边。

顾希武果然排在第一个，在他下方的名字就是李禾蔓。

身边突然多了个人，何栖梧转过头去就看到了顾希武，顾希武冲她笑："你怎么晒得这么黑了啊？"

"你这么白也没用啊，军训一晒你就跟我一样黑了。"何栖梧无比期待。

何栖梧重新把视线放回在顾希武和李禾蔓这两个名字上，这是她有生以来第一次这样羡慕李禾蔓。

"你在看什么呢？"

何栖梧指了指李禾蔓的名字："这是我发小，很厉害吧。"

"是啊。"

"我们小时候的差距也没那么大啊，现在这样，让我想追都没法追上啊。"何栖梧欲哭无泪。

顾希武忍住笑意："是因为你之前三年上课都在偷偷睡觉的缘故吧。"

何栖梧反驳："你不也经常睡。"

"大概是因为我比你聪明吧。"顾希武自恋地说。

何栖梧白了他一眼，小心翼翼地问："我怎么找不到陆怡的名字啊？”

顾希武有些恍惚，半晌才回：“她去上海念书了。”

他那转瞬即逝的失落，刺痛了何栖梧的神经。

“哦，是这样啊。那她太不厚道了，你现在是不是特别后悔？”何栖梧故作惋惜状。

“不告诉你。”顾希武傲娇地给何栖梧留下了一个白色的背影。

很多年后，何栖梧总是会在不经意间想起这个白色的背影，她无数次幻想如果这个背影当时回头了，是不是就能看见她哭红了的双眼？是不是会担心着急到不知所措？是不是会为了安慰她而拥她入怀，然后松口，告诉她，他自始至终都只是为了她而来。

那时他们年少无知、轻狂傲慢，以为未来霞光万丈，可以恣意地活、不珍惜地活，却不懂有很多话如果那时不说就没办法再说了，有很多事如果那时不做就没办法再做了，有很多人如果那时不留就没办法再留了。

原来，人的一生中要经历过许多次遗憾错失、许多次追悔莫及、许多次义无反顾才能得到痛的教训。

何栖梧找到六班教室时，发现她爸跟一位老师聊得正欢，要是没猜错，那个应该就是她以后的班主任了吧。原来，她的班主任王鹏跟她爸是高中同学，两人互相留下联系电话后，也动起了想要办一次高中同学聚会的念头。何栖梧知道致使她爸激动的另一个重要原因是他女儿日后在学校有人罩着了，熟人好办事嘛。

因为王鹏和她爸的关系在，下午临时选班干部的时候，王鹏直接点名何栖梧做了班长。顾莱最开心了，眉眼神色里都有一种"我同桌是班长，你们以后谁敢惹我"的嘚瑟劲儿。王鹏在班会上宣布学校决定将军训时间定在国庆假期，惹得同学们一阵哀号抱怨。王鹏笑笑，无视他们的不满，喊了班上十几个男生去捧新书回教室发。等到同学们都领到新书后，何栖梧则安排大家一起大扫除。忙到了四点多的时候，王鹏才宣布解散，寄宿生回宿舍继续收拾，走读生回家各找各妈。

顾莱还是选择了寄宿，原因无他，每天早上可以多睡几十分钟，不要太幸福哦。她为不能继续跟何栖梧做室友而感到可惜，也有些担忧和新的室友们会处不来。

何栖梧安慰道："放心，你可是人见人爱花见花开的顾莱啊。"

和顾莱分手后，何栖梧去车棚取车然后走到校外的书店挑了些好看的本子和笔，刚要去结账就看到顾希武走了进来，大概跟她目的一样吧。

他看到何栖梧后愣了愣，随即嘴角弯起："怎么又见面了？"

何栖梧举了举手里的东西："你也来买这些吗？"

"是啊，帮我挑下本子和笔吧。"他以前也曾这样漫不经心地让何栖梧帮他选本子和笔。其实男生用的本子和笔哪里要什么好看，但偏偏顾希武就是喜欢何栖梧挑选的。

何栖梧不知道他的这个心思，只当他懒。后来她选的都是自己喜欢的图案，其实一点都不适合男生用，但顾希武还是去付钱了，顺带选了两个笔袋，将其中一个粉色的笔袋递给何栖梧，说："给，就当开学礼物吧。"

"谢谢啦。"何栖梧很喜欢，将自己买的笔都装进去然后放包里，和顾希武并肩走出书店。

"我听说你也走读了？"何栖梧状似不经意地问。

"是啊。以后放学后，我们可以一起骑车回家了。"

何栖梧家离学校需要骑车二十分钟，顾希武家则需要三十多分钟，好在两家方向是一样的。

"被人误会我们早恋怎么办啊？"何栖梧脱口而出，提出自己的顾虑。

顾希武忍不住提醒："你不早就是我绯闻女友了吗？"

何栖梧哭笑不得："这个黑锅难道我要一直背着吗？"

"别人都羡慕你的，好吗？"

"是是是，都羡慕。"

到现在为止，何栖梧只有四个女生朋友不是没原因的，顾希武就是最大的原因——有多少人偷偷喜欢着顾希武，就有多少人明着讨厌何栖梧。

不过何栖梧骄傲着呢，有顾希武这个朋友，那是别人羡慕不来的。

公交车站台站满了人，何栖梧突然间就庆幸自己下午骑车来学校真是明智之举，显然聪明的还有顾希武。

两人幸灾乐祸地相视一笑，然后一边聊着天一边骑车。

这种久违了的感觉让何栖梧感到无比幸福。

这一刻，顾希武与她离得是这样的近。

何栖梧回到家后，她妈已经把饭菜端上桌了，家里就只有她一个人。何栖梧问了一句："我爸呢？"

何妈笑了："他和你们班主任约了晚饭，晚点两人还要去学校打球。"

"就我爸那体型他还跑得动吗？"何栖梧震惊了。

"你爸这些年一直待在办公室上班也不锻炼，现在他想打球锻炼身体，我们应该为他高兴。"

"话是这样说，就怕他投球老是投不中，伤了自己的自尊心。"

何妈不满道："你这丫头说话再这么刻薄，以后还嫁得出去吗？"

"我实话实说嘛。"栖梧不以为意。

"行了，赶紧去洗手，我给你炖了鱼汤。"

"我不爱喝。"她从小就忍受不了鱼腥味。

"喝一碗鱼汤给你五十块钱。"

何栖梧嘴角勾起，坏笑道："成交。"

吃完晚饭后，何栖梧就洗澡回房间看书去了，倒不是因为她学习的自觉性提高了，实在是因为现在做了班长，这成绩要是太差说不过去。她拿出上补习班用的课外习题册做起来，然后对答案，发现正确率还是可以的，错题再做一遍也能做对。何栖梧看了看书桌上的闹钟时间才九点，她将房间门锁上，开了电脑打算上会儿网。

登上 QQ 后，就看到头像在一闪一闪的，何栖梧点开后发现是仲锡遇发来的信息。

"栖梧，我以体育特长生的身份被招进一中了，虽然跟你不在一个班，但是我能跟你成为校友我还是很开心的。"

他的头像是暗着的，没在线。

何栖梧看了看他发送的时间，是在今天下午发的，她没回话，直接关掉了对话框。她早上确实看到了他的名字，跟她一样是重点班，在九班，教室还跟她在同一层楼。

其实说来很奇怪，仲锡遇是顾希武的好朋友，她也是顾希武的好朋友，但是他们怎么就没能成为好朋友呢？

在那三年里，她和仲锡遇的交往很有限，唯一留下深刻印象的是，有一次她来大姨妈，裤子脏了，仲锡遇看到后主动把自己的外套借给她用，还答应帮她保守秘密，致使她没丢脸丢到家。因为这件事，何栖梧一直都觉得仲锡遇人不错。很多时候，他们是那种见了面也不会点头打招呼的关系，平日里仲锡遇对她冷冷淡淡的，根本就不会有人能看出来他喜欢她。怎么一毕业后，他就想着要表白了？何栖梧觉得他闷骚得够可以啊。

而有些事情一旦说穿了就只剩下尴尬与逃避了。何栖梧现在对仲锡遇就是这样的感觉。

她很想问顾希武，仲锡遇喜欢她他是什么时候知道的。

但又害怕得知这个答案。

后来，她做了一个梦。

梦里，顾希武跟她说："栖梧，我觉得仲锡遇这人真的很靠谱，你跟他在一起试试看呗。"

然后，她就被惊醒了。再后来，她怎么也没办法睡着了。

开学第一天，她萎靡不振地骑车上学，差点撞到别人的车。然后没有意外地在王鹏的语文课上睡着了，老师的视线投射过来，这一次没有顾希武在她身后推醒她，也没有个同桌用手肘撞她手肘，因为顾莱睡得比她还熟。不过，王鹏没为难她，而是喊了顾莱站起来回答问题。

何栖梧惊醒了。

顾莱整个人都蒙了，一个劲地推栖梧想要她报答案，但是何栖梧根本就不知道问题是什么，然后她们就听到王鹏说："这个，我理解同学们第一天上课精神状态没调整好，听我的课睡着了，不过下不为例啊。好了，顾莱，你坐下吧。"

顾莱的脸难得红了。

栖梧用力掐了掐自己的手，得以提神撑过了这节语文课。下课铃声一响，王鹏刚一喊下课，她和顾莱就默契地趴在桌上睡得不省人事了。

王鹏看着班上趴了一半的同学，忍着笑离开了教室。

中午，何栖梧和顾莱一起去食堂吃饭，顾莱眼尖地看到前面两个并排走的男生："那不是顾希武和仲锡遇吗？没想到他们现在都不在一个班了还一起吃饭啊。"

"是啊。"何栖梧也感到意外。

顾莱拉着何栖梧小跑着追上他们："你们这对连体婴儿还要再做三年吗？"

"你们不也是连体婴儿。"仲锡遇笑着说，视线在何栖梧脸上停留了几秒才离开。

"没办法，谁叫栖梧跟我最要好。"顾莱故意在仲锡遇面前炫耀道。

何栖梧一直用手挡着额头，配合顾莱笑了笑。

顾希武觉得奇怪："你额头怎么了？"

何栖梧眼睛睁大，尴尬地摇头："没怎么啊。"

一旁的顾莱捂嘴笑，此时顾希武已经将何栖梧的手打下。何栖梧的手都被他打麻了，正要打回去的时候就听顾希武问："你额头怎么有些红肿？"

"被虫子咬了。"栖梧说得脸不红气不喘，以为可以蒙混过关，没想到被猪一样的队友顾莱揭穿了："她啊，上化学课时砰的一声磕到课桌上了。那一声巨响把正在写公式的化学老师都给吓到了，我都看到他肩膀颤动了下，等他回过头也实在想不出这是什么声音。当时栖梧脸都红了。"

"上课如果实在困就把书堆高点，手托着腮睡。"顾希武能想到当时那画面有多尴尬，但他还是忍住了笑。

"老师如果看到我，都没个人提醒我。"现在顾希武不坐她后面，何栖梧可没安全感了。

"不是还有顾莱？"顾希武说得理所当然。

何栖梧就差翻白眼了，鄙视道："她睡得比我还熟。"

顾莱呵呵笑着："不好意思，忍不住。老师上课就跟催眠曲似的，越认真听就越想睡。"

顾希武拔高了声音说："你们这样还想提高成绩啊。"

仲锡遇原本安静地听他们说，在听出来顾希武语气里的严肃后帮腔道："这才第一天，难免会不适应的。"

顾莱无比同意地点点头。

他们去的是食堂一楼，每一个打饭窗口前都排着长长的队伍。闻着饭菜香，何栖梧都能听到肚子咕噜咕噜的叫声，好不容易轮到自己还被一个女生插了个队，气得她什么都不想说了。她用饭卡刷了一份宫保鸡丁盖饭，转过身就看到顾莱笑着在向她招手。

何栖梧一扫之前的闷闷不乐，笑着走过去，这时候顾希武和仲锡遇两人端来了免费的西红柿蛋汤。

何栖梧喝了口汤，很爽口，她妈以前一直都说食堂的汤没油水，可她就喜欢这样清淡的，多喝了几口，汤就见底了。

顾希武刚想要去给何栖梧再拿一碗汤，就看到仲锡遇把自己的汤给了何栖梧。

"我不爱喝汤，栖梧，你喝吧。"仲锡遇说。

何栖梧不好意思拒绝，于是小声地说了一声谢谢，然后她眼角的余光就看到顾希武在闷头吃饭。

饭后，顾莱和仲锡遇因为是寄宿生所以都要回宿舍午休，而栖梧和顾希武则一起回教学楼午休。

走读生并不多，且大多数走读生中午都是回家吃饭、午休的，所以教学楼此刻是寂静无声的。距离下午上课时间还有一个小时，顾希武去走廊尽头的自动贩卖机用硬币投了两瓶可乐出来，一瓶给栖梧，对她说："中午好好睡一觉，下午别再睡觉了。你现在好歹是做了班长的人了，要以身作则。"

他不苟言笑的样子，还真让人不习惯。

何栖梧点头："我知道。"

顾希武缓了缓表情，笑了起来："晚自习后，我在车棚等你一起回家。"

"好。"何栖梧一直绷着个脸回到教室，然后才笑出声。有些傻，但是情难自禁。

对她来说，顾希武依旧是那个温柔的人。

被顾希武这样耳提面命后，下午她真的没再瞌睡过，认认真真地听了四节课。

何栖梧和顾莱依旧是和顾希武拼桌吃的晚饭，仲锡遇刚训练完满身大汗实在忍不住先回宿舍洗澡去了。吃完饭后，顾莱拉着何栖梧去参观她的宿舍，顾希武则回教室做作业。

顾莱的宿舍一共住了八个女生，环境比以前初中的寄宿环境要差，没有单独的卫生间，要洗衣洗澡都得去公共的厕所、浴室。好在，顾莱是个爱热闹的姑娘，已经基本上习惯了这环境，跟宿舍里的姑娘们相处得也都融洽。顾莱去洗澡，何栖梧就坐在顾莱的床上玩手机里的俄罗斯方块游戏。

"班长，我以前跟你上的同一所初中，你那时候可是校园名人呢。"有人主动来找栖梧说话。

何栖梧放下手里的手机看向来人，发现还是有些印象的。

"田亚云是吧。"

田亚云有些诧异栖梧能够叫得出她的名字，又有些惊喜："你知道我？"

"是啊。那次我们不是还一起给顾希武加油吗？篮球场上就我跟你的声音最大，后来我们俩嗓子都哑了，你说你叫田亚云。我一直都记着呢。"

"呵呵，我可是被我们老班骂死了，明明就是我们班跟你们班的篮球赛，我却替你们班加油。"田亚云停了停，又继续说，"我可真羡慕你。"

何栖梧笑笑，没再说话。

那时候，她的确是校园名人，因为总是跟顾希武走在一起，很多人都认识她。

晚自习的时间虽然比以前多了两个小时，但值班老师真的只是值班不是来讲课，何栖梧做完作业还可以做自己想做的事，光这一点就比以前强。

下了晚自习后，教室里的人一哄而散，何栖梧下楼走到一班教室前等李禾蔓，李禾蔓跟她住一个小区，两家家长都约好了她们以后要一起上下学，互相照应。其实何栖梧和李禾蔓并不是那么心甘情愿的，毕竟是从小打架打到大的那种发小。教室里已经没什么人了，李禾蔓还在做题，何栖梧走到她面前，有些无奈地说："还回不回家了？"

李禾蔓有些着急："我这道题怎么都做不下去。"

"走吧，我带你去问学霸。"何栖梧帮她收拾书包。

到了车棚，灯光不强，但是何栖梧还是一眼就看到了顾希武，她拉着李禾蔓加快了步伐，小跑到顾希武面前："需要我给你们两个做介绍吗？你们应该认识吧，第一名和第二名。"

李禾蔓看到是顾希武愣了愣，心想着这两人看起来关系很好嘛，连忙摆摆手："不用介绍，我们认识。"

"除了第一名和第二名的关系，我们也是班长与副班长的关系。"顾希武补充。

"那既然大家都是熟人，以后下了晚自习，你们就来车棚等我一起回家吧。"

顾希武的表情有些不自然，但也欣然接受了李禾蔓的加入。

李禾蔓笑了，这姑娘是傻了吧，一点都不了解人家男孩子的苦心。

"顾希武，蔓蔓有道题做不出来，你给帮帮忙呗。"何栖梧又说。

顾希武看向李禾蔓："什么题？"

李禾蔓从包里拿出习题册，翻到那一页递给顾希武："就这个。"

顾希武看了眼，甚是眼熟，他暑假做过这道题："哦，这道题是奥数竞赛题，要这样解题。"说完就把解题步骤一一写了下来。

在车棚昏暗的灯光下，顾希武一手托着习题册，一手握笔，那低头认真的侧脸看得何栖梧的心怦怦乱跳。

三个人一起离开学校后，李禾蔓等到和何栖梧回到自家小区才忍不住问："他是你男朋友吗？"

"不是。"何栖梧顿了顿，又说，"不过，李禾蔓，我郑重地告诉你，你喜欢谁也不要喜欢他。"有一个顾莱喜欢他，已经够叫她难受的了。

"你放心，你喜欢的，我绝对不会喜欢。"李禾蔓正色道。

"谁说我喜欢他的。"何栖梧有些不好意思地扭过头去。

何栖梧觉得她会越来越喜欢李禾蔓的，果然是十多年的发小，情分就是不一样。

接下来的几天，何栖梧越来越适应，每天早出晚归，一天只能睡五六个小时。何妈看着都心疼，于是她这一个星期全都在炖汤给栖梧补身子，今天是鸡汤、明天是甲鱼汤、后天是老鸭汤，反正每天变着花样来，导致何栖梧被喂养得脸越来越圆润了，皮肤也转白了。

这些天他们新生都还穿着自己的衣服，因为校服还在做，何栖梧摸了摸肚子上的肉都怕到时候校服会穿不进去，好歹是花了巨资买的校服。

教导主任在催促校服进度的时候，也加强了新生的管理。男生不能烫卷发、染发、留长发、戴耳钉，女生不能化妆、戴耳钉、烫卷发、染发，不能穿超短裙、超短裤以及低胸衣服，发现一个同学违反规定就扣班级分、写检查。新的广播体操要在体育课上抓紧时间学起来，眼保健操也要好好做，到时候会安排各班班长轮流检查，发现一个该闭眼没闭的就扣班级分。

王鹏专门占用了一堂自习课的时间来开班会，首先讲了学校的三大高压线：早恋、作弊、打架，这三样是说什么都不能碰的。在王鹏读着校规的时候，顾莱写了一张字条传给栖梧。

"你知道为什么学校最近这么严抓纪律？"

何栖梧回了三个字："为什么？"

"我听说有个女生怀孕了，家长都闹到学校来了。"顾莱是寄宿生，消息比较灵通。

"然后会怎么样？"

"还能怎么样，女生被退学了。"

"那男生是谁？"

"不知道，但我猜测是我们学校的男生，家里还有些背景，不然学校怎么可能只开除女生而没开除男生？"

"那个女生很可怜。"

"对啊，这不公平，明明是两个人犯下的错，为什么最后受伤的都是女生？"顾莱有些义愤填膺。

栖梧想这大概就是为什么她妈一直念叨着女生要自爱的原因吧。这个社会对女性还是很不公平的。

入学以来的第一次放假，顾莱就拉着何栖梧去了理发店，因为顾莱想要尝试下短发，何栖梧也要去修下分叉的头发。两人本来是怀揣着好心情的，却听到店里另外两个女生在讨论某明星出车祸毁容的事，其中一个还是何栖梧的偶像，她忍不住问："他出车祸了？什么时候的事啊？"

"就是上个月 28 日晚上，听说毁容了，现在在香港休养，他的一个助理当场死了。他的经纪人还用他的博客发了追悼文。不知道这次他能不能挺过来，唉……挺可惜的。"

听到这样的话，何栖梧也没有剪头发的心思了，跟顾莱说了声她要回家就神情恍惚地往外跑。她也不过就两个星期没开电脑，竟然错过了这样的新闻。

那么好看的脸要是毁容了，以后还能再做明星吗？她会不会就此看不到他拍的戏了？一想到此处，何栖梧就无比难过。

她闷在房里一直都在电脑上看有关于她偶像的新闻。

是真的。

他真的出了严重的车祸，右眼重伤。

她哭着打电话给顾希武，顾希武告诉她，人还活着就有希望。

何栖梧开始好奇："顾希武，你有喜欢的明星吗？"

顾希武想了想说了个名字，是新晋小花旦，和何栖梧的偶像是娱乐圈著名荧幕情侣搭档。

"顾希武，我希望现实生活中他们能谈恋爱。"

"会的。"顾希武这样安慰着她。

"那好，我们约定如果有一天他们恋爱了，不管我们未来身在哪里，都要聚一起吃大餐。"

"好。"

哪想到各自的偶像都不给力，导致他们连相聚的理由都没有了。

再后来，她心情低落了几天，顾莱一直都不能理解："栖梧，不就是一个离你很遥远的偶像明星，你至于有这么大的情绪波动吗？他是好是坏，都跟你一点关系都没有啊。你不可能成为他的太太，你们根本就不会认识。"

在追星这一方面，顾莱理智得令人发指，她就不追星，她就只喜欢可以伸手触摸到的顾希武。

何栖梧被顾莱一语惊醒梦中人，也好像有些释怀了。

是啊，她的偶像那可是比天空还要遥远的人啊。

"我听说顾希武最近跟他们班上的李禾蔓走得很近啊，那个李禾蔓要是敢染指我的顾希武，我就血洗了她。"顾莱边说边作势举起了拳头，像是要打架的样子。

何栖梧捂嘴笑："喂！你悠着点，那是我发小。"

顾莱放下拳头，淡漠道："哦，那你帮我劝劝李禾蔓，别没事就被传出谣言啊。"

"……"

以前的顾莱从来不会说"我的顾希武"，她从来都不敢说。但现在不知道为什么，她越来越大胆，越来越志在必得，何栖梧忍不住说："既然这么喜欢他，那你去跟他表白啊。"

"万一他拒绝我怎么办？"

"你不是很有自信的吗？"

顾莱苦涩地说："我也就在你面前虚张声势来着，我对顾希武要是真的很自信，我何苦拖到现在都不敢表白心迹。栖梧，你忘记了吗？顾希武拒绝过多少花季少女啊。"

"也有人成功啊。"何栖梧又想到了陆怡。

顾莱不屑一顾："她是浮云，不值一提。"

"可是她是顾希武的第一任女朋友啊。"光这一点，她就不该小觑陆怡的存在。

顾莱眼眸中闪过一丝忧伤，她深深地看了一眼何栖梧："栖梧，我们会好一辈子，是吗？"

如果有一天你发现我做了错事，你一定要原谅我，何栖梧。

我只是太想拥有，而迷失了自己。

我是那样害怕失去，害怕你有一天会恨我。如果时光可以倒流，我一定不会再那样做。

很多年后，顾莱终于明白，因为她年少时的一时冲动，居然在无意中改变了他们所有人的命运，大家为这个错误所付出的代价足够令她悔恨终生。

"当然，我们会一直好下去。"何栖梧语气坚定地说。

听到何栖梧这样说，顾莱心里轻松了许多。

其实，在我的心里，你比顾希武重要。

所以，栖梧，任何人都可以，就是你，不要背叛我。

顾莱内心苦涩，面上笑得戚戚然。

第三章

国庆节的前两天，学校放了假，让他们回家收拾行李为国庆假期的军训做准备。一中的传统是所有的新生都会被拉去 N 市的炮兵学院军训一周，在那里，他们将与真正的军人同吃同住，接受严格的训练。

何栖梧这几天一直胸闷，也不知道是不是因为天气闷，她感觉自己有一点喘不过气。但因为不严重，她也没告诉她爸妈。

何妈给何栖梧买了很多零食，她很怕那里的伙食何栖梧吃不惯。

在家里休息了一天半后，何栖梧就背着她的行李到学校和大家集合，一起坐大巴车前往 N 市。

N 市是 J 省的省会城市，大巴车开了三个多小时终于到了炮兵学院。

差不多九百多新生往操场一站也是很有气势的，一个班级就是一个方阵，配一名教官，跟班主任还有一个女老师一起配合工作。所有的学生都要按照高矮个子排队来分配宿舍，顾莱那个子跟何栖梧站一起还是显得有些格格不入的，当然教官并不眼瞎，立刻把她往前面的队伍拽，让她站好，听从安排。然后，班主任给每个人发了军训服，每人一个袋子，袋子里装有一件迷彩长裤、长袖和一件短 T 恤，还有鞋子、帽子、腰带，配套齐全。

教官一声令下，所有的学生都跟着他往住宿区走，这里是专门提供给各个学校军训用的场地，都是一些平房，条件要多艰苦就有多艰苦。宿舍区的操场上停着两辆坦克，也不知道是不是摆设。教官都是炮兵学校的学生，个个长得跟双胞胎似的，都挺帅气的，皮肤都是小麦色，个子差不多高，肌肉差不多紧实，何栖梧觉得这世界上长得帅的男子大概都来当兵了。

就这样，顾莱原本想着这七天跟何栖梧做室友的，结果没分到一起，有些失落。

何栖梧和其他七个女生一起住，她是班长，班上的同学虽然有的不熟，但是都能够叫出名字的，所以此刻的相处也并不觉得多尴尬。

收拾好自己的行李后，就听到外面教官的吹哨声，让她们穿好迷彩服出去。

在这个院子里有几排长长的平房，都是女生宿舍，男生宿舍在后面的一个院子里。

何栖梧她们排好队，教官和女老师站在一起，原来是要带她们去吃饭的。

教官宣布军训从今晚开始，女生们瞬间眉头紧皱，一片哀号。

女老师说了些宽慰大家的话，熬过这七天以后就什么都能坚持下去了。另外，她也说了，若是军训期间任何人有什么不舒服的地方都要告诉她或者教官，不能强撑着，尤其是这个天最容易中暑，大家要对自己身体负责。

同学们来军训之前都做好了心理准备，也都不打算当逃兵。虽说都是女生，但也不是娇滴滴的人。

食堂是一栋三层长楼，里面摆着很多排木桌和长凳，可以容纳千人一起用餐。

教官将女生队领到餐桌前，让她们依次站在座位前，等待命令坐下，何栖梧看到餐桌上放着的白馒头、小米粥、咸菜、煮鸡蛋，数量都是算好的，暗自庆幸还好有她妈给她准备的那些零食。

过了一会儿，学校老师们和所有的教官都来到这里，他们也站在各自的座位前，等待军训总教官的命令。

只听见一声庄严肃穆的"坐下"后，所有的学生都僵硬地坐下了，然后便是教官讲用餐注意事项，不能说笑、不能东张西望、不能浪费等等。

何栖梧抬头就看到隔壁桌的顾莱正望着她，一脸苦相。

大概是因为吃不惯这些食物。

"放心，我带零食了。"何栖梧动了动嘴唇，并没发出声音。

顾莱偷偷冲她竖了个大拇指，满面笑容。

吃完晚饭后，女老师便领着她们去排队洗澡，时间有限，晚上七点要在操场集合，训练到九点。

何栖梧有些担心顾莱会不会饿晕过去，没想到顾莱洗澡的时候跑到她面前跟她说："幸好本姑娘我能屈能伸，吃了不少，不然哪有力气去训练啊。"

"聪明。"何栖梧放心了。

晚上的训练内容是稍息、立正、向左向右转、报数、跨立和站军姿，因为是刚开始，所以训练内容并不辛苦，算是给大家一个缓冲期以适应接下来七天的训练强度。

何栖梧第一次感受到原来站军姿是这样累，只站了一会儿工夫，腿和脚就受不了了，好在晚上训练风凉爽吹着一点也不热，而教官自有分寸，每隔半小时会让大家原地坐下休息。

两个小时的训练过得很快，时间一到，教官就宣布解散了，让大家回到宿舍早些休息，十点钟会熄灯，到时候会查房。

何栖梧和室友回到宿舍，赶紧脱了帽子和腰带，敞开军训服："这山底下的晚上就是凉快，风吹着舒服死了。"

"我们教官看起来严厉但人还不错。"田亚云说完，得到了大家的一致赞同。

何栖梧住下铺，把包里的零食拿出来问大家吃不吃，大概是因为不好意思，所以大家都没要。顾莱穿着短 T 恤来串门："栖梧，快给我吃的，我快饿死了。"

"顾莱，你穿这一身真好看。"栖梧上下看了看顾莱，由衷地赞美道。

"真的假的呀？我还嫌军训服太丑呢。"

"英姿飒爽啊。"

顾莱很开心，突然想到什么，凑到何栖梧耳朵旁说："我很好奇顾希武穿这军装好不好看？"

"他们那个方阵离我们这个方阵太远了，看不到的。"

顾莱想了想，兴奋地说："你现在打电话给他，叫他出来给我看看。"

"这里可是女生宿舍。"何栖梧有些为难。

"我们去小店见嘛。"

"你怎么自己不打？"何栖梧想，明明顾莱也有他电话啊。

"我怕他拒绝我啊，你就不一样了，顾希武就不会拒绝你的要求。"顾莱说完便做了一个祈求的手势，扮可怜兮兮样。

何栖梧受不住她这样软磨硬泡，从包里拿出手机，打电话给顾希武，然后拉着顾莱走出宿舍。

"栖梧，什么事？"顾希武的声音传来，差点没把何栖梧的耳朵吵聋，他那边嘈杂，所以他说话很用力。

"我和顾莱要去小店买东西，你一起去吧？"

"我现在就在小店，那我等你们吧。"

"好啊。"

挂了电话后，何栖梧说："顾莱，他在小店，你要看他就去看吧，我要回去睡觉啦。"

"一起去嘛。"

"我觉得胸闷。"何栖梧坦言。

"栖梧，你没事吧？"顾莱有些担忧地问。

"没事，可能是有些累。"

"好，那你好好休息吧。"

何栖梧躺在床上，用手机上网搜了搜偶像的消息，并没有什么新内容，戴上耳机开了MP3，打算听歌睡觉。大概是身处在一个陌生的环境，何栖梧有些睡不着，然后她听到班上一个女生说："也不知道这个宿舍以前是不是男生住的，被子有股臭味。"

何栖梧听到她这么一说，心里也别扭起来了。

手机亮了一下，有新短信进来。

栖梧打开看，是顾希武发来的。

"身体没事吧，要不要请假？"

"不用，我睡一觉就会好了吧。"

"嗯，好好休息。"

"顾希武，你穿军装帅吗？"其实不仅是顾莱好奇，她也很好奇啊。

"你和顾莱怎么都一样无聊啊。"

何栖梧回了个"滚"字后，就收到了一条彩信。

是顾希武发来的照片，是他穿军装的样子。何栖梧差点笑出声，还挺帅，然后忍不住多看了几遍，存到自己手机里了。

顾希武特地打电话过来问："怎么样？"

何栖梧嘴硬道："不怎么样。"

"好吧，晚安了。"

"嗯，晚安。"

何栖梧和顾希武聊完天后感觉胸也不闷了，随后带着这份甜蜜很快进入了梦乡。

如果说夜晚的山脚下是凉爽舒服的，那么白天的山脚下则是炎热难熬的。一连三天的训练足够让这些学生掉一层皮了，阳光毒辣得让一切烦躁的情绪都无限扩大，尽管教官体贴他们，给他们找了树荫地训练，但军训服里的汗水还是流了一层又一层。

休息的时候，何栖梧和顾莱并排坐着喝水，天气热得谁也没心情说话了，都在看隔壁方阵的同学们在练习走正步。教官铿锵有力地喊着"一"，然后全体同学都右手握拳放在胸前，左脚跨出向下压。教官一排一排地纠正姿势，到后来他觉得可以的时候就让他们走出去几米，结果还是有很多同学同手同脚，步子一点都不齐，脚抬得也不一样高，声音很是凌乱。然后那个方阵的教官脸色越来越臭，变得越来越严厉了，吼道："走慢点，像鬼子进村。"

相比起他们，何栖梧班级的同学走得还算不错，难怪教官会如此优待。

值得一提的是拜顾莱所赐，何栖梧和她一起成为方阵的领队。

起因是教官看顾莱站军姿、走正步等等很像那么一回事，就喊她出列，让她做领队。这种出风头的事平时顾莱就挺喜欢做的，不过她这次偏偏提出了条件，让何栖梧一起做领队她才做。

最后教官让何栖梧出列，教官对她还是挺有印象的，走得也不差，就同意了，也不管何栖梧的意见。虽然压力有些大，但是做领队这件事比在方阵里没完没了地训练可轻松多了。顾莱打的就是这个主意。

晚上训练休息的时候，教官教会了他们拉歌，还是挺有意思的，大家都扯着嗓子唱着，军歌就是有这样一个好处，不管谁五音不全都不容易把军歌唱走调。有一次，何栖梧他们方阵就是对阵顾希武他们那个方阵，顾希武和李禾蔓是他们队伍的领队，人气很高。当顾莱看到顾希武和李禾蔓休息时候说笑的样子，心里各种冒酸。

她小声跟何栖梧说："那个李禾蔓跟顾希武的关系是不是越来越好了？"

"没有吧。"何栖梧否认。

她不敢告诉顾莱，这学期他们仨都是一起骑车回家。来军训前李禾蔓跟顾希武关系就已经很不错了，加之现在他们在军队里的朝夕相处，这可是战友的情谊啊，要比别的感情深刻许多。不过，她是相信李禾蔓的，也知道这俩学霸在一起讨论最多的就是解题思路。

除了唱军歌，两个方阵也开始拼起了流行歌曲。

气氛越来越好的时候，大家都呼喊教官们来一个，两个教官商量下，决定表演打拳。

在大家都认真看拳的时候，何栖梧在看顾希武。顾希武被晒黑了许多，眉眼间多了些英气，真好看。就是在不经意间和顾希武的视线碰撞在一起，何栖梧也没觉得尴尬，冲他笑了笑，然后转移视线，重新把关注点放在教官身上，结束后热烈鼓掌，把手掌心都拍麻了。

她终于明白为什么学校乐于安排军训训练学生，因为军训不仅可以锻炼学生的身体素质，也能让同学们更好地融入在一起。

不提毕业后，因为也不用等到毕业后，他们这些人就会在文理分班的时候散掉。

但记忆是不会消失的，他们会永远记得这些天的苦中作乐以及这一晚的星光璀璨。

军训临近结束，教官们安排所有的学生去打枪。这是真枪实弹，所以教官们在讲解如何使用步枪的时候很是认真，生怕哪个学生没按照要求做弄伤了自己。

这是何栖梧他们在来到这里之后第一次走出这个训练场，而外面才是真正的炮兵学院。

教官带领着这群被晒成小麦色肤色的学生穿过了军官家属楼、穿过教学楼、穿过了操场、穿过了小树林，来到了打枪的地方。

每个人有五发子弹，教官只求按他们说的做，别弄伤自己，也不要求学生能够打中靶子。

有些女生还是挺害怕的，战战兢兢地闭着眼，教官每数一声就打一枪，五枪结束放下枪后才敢用力呼吸。男生们虽然也紧张，但还是很享受这一个过程的，也有的男生会主动要求再打一次。

离开打枪的地方时，教官给了他们每人一颗子弹头做纪念。

何栖梧将子弹头紧紧地握在手心不松开。

而第二天就是军训会演，会演结束后，他们就要离开这里回到学校。

如果不是以后要考到炮兵学院，大概很多人都不会再来这个地方，一时之间，竟生出了许多不舍的感觉。

原先觉得面目可憎的教官现在觉得也是很可爱动人的。

不过，任平日里的训练走得再怎么标准，其实真正到会演的时候还是会走得凌乱，把教官特别交代的走慢点这个要求也不放在心里了，因为大家都很紧张。不过就算走得再不好，也不会有人接受处罚的，因为已经结束了。

为期七天的军训，真的结束了。

当一辆辆大巴车重返一中校园后，校长宣布所有的新生都会有两天的时间在家休养，好迎接接下来的第一次月考。

这个消息对学渣们来说简直是有些残酷。

不过，能够放假还是先开心地玩了再说。

第一次月考对何栖梧来说压力还是挺大的，曾经物理没考及格这件事给她造成了很大的心理阴影。入学以来她每次上物理课都是认真听讲的，不过大概是这物理老师讲课水准不高，以至于她每次听完都感觉脑袋里是一团糨糊，物理公式背了一堆但是做题还是没有任何的思路。

吃完晚饭后，何妈本来要拉着何栖梧去楼下散步，但在知道何栖梧要准备月考复习后就不敢打扰她了，拿了钱包下楼打算去买个西瓜回来给栖梧榨汁喝。

何栖梧做题正一筹莫展的时候，李禾蔓来她家了。

何栖梧领着李禾蔓到她房间。

李禾蔓看到她书桌上摊着的物理书就明白了："这么用功啊，还有一个多星期才考啊，现在准备是不是太早了点。"

何栖梧递给李禾蔓一个白眼，无力地躺在床上，没好气地说："我不想跟学霸说话了。"

"我是学霸？何栖梧，别开玩笑了，任何人只要面对顾希武都不敢称自己为学霸吧。你知道顾希武有多强吗？他现在都在自学《大学高数》的内容了，那记忆力让我着实佩服。我都想拜他为师了。"

"他本来就很强啊。"何栖梧习以为常。

"所以，我真的很好奇他为什么不去省 Y 中，那里可是每年都有保送清华和北大的名额的。"

何栖梧并不想对李禾蔓提起陆怡的事情，只敷衍道："他脑袋被门挤了。"

李禾蔓失笑，她这朋友为何会如此不解风情。她话中带话都点到这里了，何栖梧居然还想不明白，顾希武，唉，她都有些同情他了。

何栖梧突然想起什么，问道："李禾蔓，你是不是吃了什么补脑的特效神药，我明明记得你小学时候的成绩是不如我的啊，你现在的成绩怎么就这么好了？"何栖梧都快郁闷死了。

"那是因为我一门心思扑在学习上啊，心无旁骛地只想考第一。"

"第一那是一种什么样的感觉？"何栖梧无比羡慕地问。

李禾蔓想了想说："有一种付出就有回报的成就感，其实我当时的分数也是可以去省 Y 中的，但是我觉得我去了只能做鸡尾倒不如来一中做凤头。不过，我应该很难再拿第一了，我和顾希武之间的差距我还是明白的，不强求了。"

"李禾蔓你真是傻，多少人挤破头都没能进省 Y 中，你就这么给放弃了。"

"我有一个表姐，她上初中的时候门门都补课，最后以高分进了省 Y 中，你猜她最后考到哪里了？"

"哪里？"

"一所二本学校。"

"啊？为什么？不是说踏进省 Y 中的门就相当于一脚踏进211、985 重点大学的门了吗？"何栖梧觉得可惜。

"因为她的智商和那些不靠补课考进省 Y 中的同学还是有差距的，每一次考试都给了她很大的刺激，最后她也无心努力了，因为再努力也还是比不上别人。所以，我很害怕成为她那样的人。人只有在适合自己的环境下才能进步。"

何栖梧点点头，表示赞同，坐起身来："我有一些物理题不会做，你教我呗。"

"你怎么不去找顾希武？"

"我不想让他知道我学不好物理。"何栖梧坦白。

"好吧，今天你都用功半天了，明天我们去市图书馆复习吧，有什么不懂的你到时候再问我。"

"好。"

李禾蔓又玩了一会儿，何栖梧终于想起来问："你今晚来找我干什么的啊？"

"我来找你打听一个人。"

"谁啊？"

"我最近很喜欢站在教室走廊上看篮球场上的人打篮球，很帅气，尤其是穿七号球衣的那个男孩子。然后军训的时候，我又看到他了，他穿军装站军姿真好看。我想知道他是谁，我见过你们坐一起吃过中饭。"

每天和何栖梧坐一起吃中饭的也就这么几个人，顾希武和仲锡遇都爱打篮球，但显然李禾蔓说的那个人是仲锡遇。

"你确定你没看错？"何栖梧想要确认清楚。

"不会看错的，我每次看他打篮球都用望远镜，这不是不好意思去问顾希武，我才来问你的嘛。"

"好吧，他叫仲锡遇。"

"仲锡遇。"李禾蔓一字一顿地说，随即笑开了，"名字还挺好听。"

"他现在有喜欢的人吗？"李禾蔓追问。

"没有，但是你不要喜欢他。"何栖梧正色道。

李禾蔓不满地问："为什么？"

尽管很不愿意承认，但是为了李禾蔓好，何栖梧觉得自己必须要诚实，她咬咬牙说："因为据说他喜欢的人是我。"说完这句话后，她就低下了头，不敢去看李禾蔓的脸。

李禾蔓有些生气，不，是非常生气，她恨不得揍死眼前这个祸害，怎么哪里都有何栖梧？她心里乱如麻，有一个声音在问：放弃吗？她一定要放弃吗？

怎么忽然就有些难过了呢？

李禾蔓原本认为她就是被仲锡遇打篮球的姿势迷住了，这喜欢的感觉估计也不深刻，但是现在她感觉到了自己的不舍与心痛。

他穿七号球衣，原来是因为何栖梧。

李禾蔓深吸了口气，她又问何栖梧："你喜欢他吗？你喜欢仲锡遇吗？"

何栖梧这才敢抬头，用力摇头："不喜欢，我不喜欢的。"

李禾蔓松了口气，有些固执地说："好，既然你不喜欢他，那我还是有机会的。"

何栖梧不同意："喜欢一个这样的人，你会受伤的。"

"人生在世总要有一段刻骨铭心的爱恋才不枉此生啊！"李禾蔓说得随意。

"真的没关系吗？"何栖梧不确定地问。

"只要你坚定立场就好。"就算最后遍体鳞伤我也认了，李禾蔓在心里补充。

过去的几年，她一直都活得风生水起，因为成绩优异，老师和同学们都很喜欢她，她越来越自信，眼光越来越高，看不上那些追求她的男孩子，她觉得最美好、最优秀的还未到来。喜欢上仲锡遇是一个意外，一个并不算美丽的意外，李禾蔓能够想象这条道路遍布荆棘，但是她的感情来得这样强烈，她也很想知道自己可以爱一个人有多深。

李禾蔓叹了口气，有些累："行了，我先走了，明天见吧。"

"好。"

何栖梧送李禾蔓到家门口，这时正巧何妈回来了。

"干妈。"

"蔓蔓来啦。"

"是，正要回去了。"

"等会儿再走，喝点西瓜汁再走。"

"谢谢干妈，我下次再来玩。"

李禾蔓走后，何妈问栖梧："蔓蔓来找你干吗？"

"哦，她约我明天一起去图书馆复习。"

何妈一听很开心："蔓蔓成绩好，你有不懂的多问问她。"

"知道了。"

何栖梧回房间背了会儿书，她妈端来一杯西瓜汁让她喝了早点休息，临走前还不忘说一句揶揄的话："你要是早知道这么用功，也不至于上个一中还花钱。"

何栖梧不耐烦地赶走了她妈。

初中那三年，她过得恣意懒散、无忧无虑，虽然最后的考试失利，但是她一点都不后悔那样荒废时光。因为她遇见了很多很好的人，有他们陪伴的青春，栖梧觉得自己很幸运。

第二天上午，何栖梧和李禾蔓两个人刚坐上去往图书馆的公交车，就听到了熟悉的声音，听着很像是顾希武的声音。

"栖梧。"

何栖梧看了看四周，发现公交车最后一排坐着的那两个人不正是顾希武和仲锡遇。

"是你们啊。"何栖梧觉得惊喜。

李禾蔓顺着何栖梧的视线望过去，正好看到了仲锡遇，然后仲锡遇也看到了她。他们两个人的视线撞在了一起，李禾蔓脸红了，有些害羞地转过身低下了头。

何栖梧问："你们这是去哪里？"

仲锡遇说："我约了小武陪我去买运动鞋。"

"哦，这样啊。"

"你们呢？"顾希武问。

"去看书。"

顾希武显然不相信："这么用功啊。"

"那是当然，物以类聚人以群分，我身边都是学霸，不努力都不好意思了。"何栖梧挑眉道，顿了顿，然后介绍道，"对了，仲锡遇，这是我的发小李禾蔓。"

李禾蔓没想到何栖梧会突然这样说，更加不自在了。不过她其实内心是很希望何栖梧这样做的，起码让她和仲锡遇跨出了第一步，以后就算在学校里偶然见到了也还能笑着打个招呼。

"你好，李禾蔓。"仲锡遇挥挥手算打过招呼了。

李禾蔓也举了举自己的右手晃了晃："你好，仲锡遇。"

两个人相视一笑后就各自转移了视线。

何栖梧也不再看他们，坐在位置上，凑到李禾蔓耳旁说："怎么样，我够意思吧。"

"谢谢啦。"李禾蔓笑着说，手心都在出汗。

只听后面仲锡遇感慨："我一直都以为何栖梧最好的朋友是顾莱，原来这儿还有一位发小啊。"

"是啊。"顾希武应道。

仲锡遇嘴角微微上扬，在心里默念了几遍李禾蔓的名字，嗯，记下了。

李禾蔓心里微有些得意，为她是何栖梧发小这件事。

公交车开到图书馆站台前，何栖梧对身后的人说了声"拜拜"后就拉着李禾蔓起身准备下车。李禾蔓表情不自然地说了声"再见"

然后跟着何栖梧下车了。

一直看着公交车开远后，李禾蔓才不紧张，心情变得有些雀跃。

"他穿黑T恤很帅啊，他手臂上的肌肉也很好看。"李禾蔓忍不住赞美道。

何栖梧实在不想跟李禾蔓说她以前见过他上身赤裸过，怕被李禾蔓杀了。

在图书馆复习的效率还是挺高的，李禾蔓对栖梧也很负责，把自己的答题技巧毫无保留、事无巨细地都跟何栖梧说了一遍。何栖梧觉得以后就算上课听不懂物理老师说什么也不要紧了，因为她有李禾蔓这个小老师在。努力了一上午，何栖梧觉得自己浑身上下都在发光，哪儿都是知识啊。

中午，她们去外面的小餐馆解决了午餐，然后回图书馆休息会儿再复习。

李禾蔓在翻推理小说，何栖梧看的是顾漫的《何以笙箫默》。

因为何栖梧笑得实在猥琐，李禾蔓好奇地问："发现什么新大陆了？笑得这么开心。"

何栖梧举了举自己手里的书："这个，好好看。"

"是吗，看完借我看看。"

"哎，你是好学生也看小说啊。"

"你不知道吗？看小说能拓展人的思维啊。"其实都是借口，李禾蔓在心里偷笑。

何栖梧想起了一件事，傻傻地笑起来。

之前有一阵子特别流行鬼故事，班上几乎人手一本。也不知道谁去给老班通风报信了，他来到教室就发了一通火，让看鬼故事的人自己站起来，大家犹犹豫豫的，你看我我看你，最后还是都不情愿地站起来了。但老班显然觉得肯定不止这么多人，他要一个一个地搜桌子。

何栖梧有些慌了，她真的没看鬼故事，但是她桌子底下可是有一本别的小说集，虽说是盗版的不值钱，但要是被老班搜到，她肯定要被老班虐死。情急之下，她把小说集转移给了顾希武，小声地跟他说："帮帮忙。"

顾希武无奈，还是帮她藏在他的桌子里，也做好了大不了被搜出来接受惩罚的准备，只不过他一个男孩子被搜出来这么少女的书，怎么都觉得有些害臊。

没想到，最后被何栖梧赌赢了，除了顾希武，老班搜了班上所有人的书桌。

所以，何栖梧和顾希武成为班上没被老班惩罚的少数人。

后来，顾莱一边在宿舍里哭着抄写语文课本，一边懊恼着她怎么就没何栖梧这么聪明。

细细想来，那时候，她到底坑过顾希武多少次，她都数不过来了。

李禾蔓看到何栖梧在发呆，推了推她，问："你在想什么呢？"

何栖梧回过神来，笑得神秘："不告诉你。"

"行了，不玩了，我们去看书吧。"

"嗯，好。"

顾希武跟仲锡遇来找何栖梧她们的时候，何栖梧正在和李禾蔓比赛做数学卷子。何栖梧做得很快，但总是会粗心大意把题目做错，李禾蔓则相反，她除了最后一道大题目的第三小题没写，其他的都是正确答案。

何栖梧还在纠结着解题思路，脸突然被什么冷东西蹭了一下，她吓了一跳，转过头去看到了顾希武笑得见牙不见眼的，他的手里拎着几杯大口九的双皮奶。

何栖梧立刻喜上眉梢："你怎么来了啊？哇，我很久都没吃了，正想着呢。"

何栖梧喜欢一样东西还是挺钟情的，比如她吃大口九家的双皮奶吃了三年都没生厌。顾希武给何栖梧和李禾蔓一人一份，何栖梧迫不及待地拆开盖子，用勺子舀了一大勺送进嘴里，心满意足地笑了。

李禾蔓看了看顾希武的身后，仲锡遇酷酷地站在那里，她的嘴角不由自主地向上勾起，但很快隐藏起自己的开心，转过身去把卷子递给顾希武："顾希武，帮我看看这道题怎么解？"

顾希武轻轻拉了一把椅子坐下，看着题目思考了会儿然后才在草稿纸上写写画画。整整一面空白纸都被写满了才算出来，然后他将卷子和草稿纸还给李禾蔓："你看一下答案是不是这个。"

李禾蔓比对了一番，惊喜道："你太厉害了。"

仲锡遇在何栖梧对面坐下，问何栖梧借了物理书看了起来。李禾蔓偷偷瞄了他一眼，纳闷他话怎么这么少。

顾希武随意地扫了眼桌子上何栖梧带的书，慢悠悠地开口问："你确定你不用重点复习化学？"

何栖梧瞪了他一眼："不用，我对我自己有信心。"

顾希武笑笑："希望如此。"然后将何栖梧压在草稿本下的书抽了出来，冲何栖梧笑笑，"我先看看。"

"喂！这是女孩子看的书。"何栖梧作势要抢过来。

顾希武仗着自己个子高，将那本《何以笙箫默》举得老高老高的，何栖梧跳起身也没够着，索性就放弃了："好啦，你先看，看完不要跟我剧透就行了。"

顾希武看书很快，一个小时就翻完了。

在回家的公交车上，何栖梧忍不住问顾希武："好看吗？"

"还算好看吧。"他只是困惑在现实生活中真的能有人在分别七年后还能不期而遇然后再续前缘吗？或许小说就是小说，这样的事情永远也不可能存在于现实生活中。

听到顾希武这样评价，何栖梧就更期待了。

顾希武又说："看归看，别太入戏就好，小说和现实的差别还是挺大的。"

青春者无畏

WOZHIDAO
FENGLI
YOUNIDEQIXI

第四章

全国各地的高考大多数都是两天结束，J省则需要三天，且有大小高考之分，小高考是在高二下学期3月19日、20日考，大高考则是在全国统一的6月那几天考，只有大小高考都达到要求才有资格报考本科院校。

"从高一下学期的文理分班开始，如果你选择了历史和政治这两门选修课，那么你的小高考将考地理、物理、化学、生物这四门必修课，每门课满分一百，100到90分是A等级，89到75分是B等级，考生只有达到四个B等级才算合格。而大高考则考语文、数学、外语加历史和政治，语数外三门成绩的总分算是真正的高考成绩，总分480分，历史和政治也要至少达到两个B才能算合格。而这两门选修课的ABCD等级的划分不是按照分数而是按照考生的人数比例划分的，到时候会筛选掉一半的考生。"顾希武说。

这种考试模式不允许任何偏科的学生存在侥幸心理，有些变态和残酷。一时之间，所有的学校唯有适应这种模式的才能成为最后的赢家，以前的教学经验在新制度出来后都成为浮云，于是，大家都在摸索着应对这种制度的最佳方案。

何栖梧他们这一届是第二届接触这种新模式高考的考生。

何栖梧原本以为她理科不行就选文科也能开开心心地考大学，但是当顾希武将这种高考制度完完全全解释给她听的时候，她整个脑袋都是蒙的，心里只有一个声音，那就是：完了。

她的学习生涯可能就要止步于此了，不要啊，她还是很期待大学生活的。

"所以，栖梧，你真的要好好端正自己的学习态度了，不然不用等到大高考你就会先被小高考淘汰掉。"顾希武耳提面命道。

"我完蛋了，顾希武。"何栖梧欲哭无泪。

"你还有时间。"大多数学生都一知半解，学校为了不让学生产生学习负担打算到高一下学期开始慢慢解释这种制度。顾希武之所以会提前跟何栖梧说，那是因为这两天在月考的时候，他每次都能看到何栖梧第一个交卷离开考场，从他的考场窗前走过。她的自信大概让所有的监考老师都以为她很聪明、做题很厉害，而不是因为她懒，懒得思考、懒得检查。

何栖梧懊恼着，早知道局势是这样的，她这两天月考就好好考了。

唉……哪里有后悔药卖啊？

跟顾希武打完电话后，何栖梧一直都心事重重的样子，压力很

大，原本想着这个周末好好放松下，现在看来只能去找李禾蔓一起
去图书馆看书了。

周日的晚自习，王鹏就已经拿到了班上所有学生的各科成绩表
格，表格上还有班上每个学生语数外总分的班级排名和年级排名。
他坐在讲台上，为了顾及那些考得差的学生的颜面，用剪刀将学生
的成绩按照名字一一剪开了，然后喊学生一个一个地上前拿字条。

栖梧的语数外总分在班级排第一，在年级排到前五十，然而她
的物理成绩都没及格，其他几门分数也不出众，那一刻，她都想吐
血了。

王鹏对她说了一声："考得不错，继续加油！"

何栖梧苍白着一张脸点点头，心情低落地回到座位，红着眼差
点哭出来。

王鹏不愧是她爸的挚友，都考成这样了还安慰她说考得不错。

顾莱知道她没考好，安慰她："没关系的，还有下次呢。"

何栖梧叹了口气，不知道要说什么话来向顾莱表示自己没事的，
因为她真很难过，那张有她各科成绩的字条已经被她捏在了手心
揉成了团。

等顾莱拿到字条时，她也是一脸菜色，哭丧着脸的表情比何栖
梧还难看。

因为顾莱考了四个不及格。

她郁闷得真想大骂一声。

班上的学生心情都不太好，这是一个难得没人讲话的晚自习，

整个教室都寂静无声。

王鹏发完字条后就回办公室去了。

顾莱对何栖梧说："你把你的给我看看。"

"我不要。"何栖梧本能地拒绝。

"哼，小气鬼。"不过顾莱转念一想，何栖梧就算考差了也肯定比自己考得好，她就不找虐了。

下了晚自习后，何栖梧慢悠悠地走到车棚，就看到顾希武和李禾蔓在说笑，和她的心情比起来简直就是天壤之别。

何栖梧都做不到强颜欢笑了。

学霸们的心情她永远都不懂。

顾希武看到何栖梧的表情就知道她考得不好，安慰道："没关系，这才第一次月考，你还有很多时间的，一次不行不代表永远都不行。"

"我物理居然没及格。"何栖梧再也忍不住，哭了出来。

李禾蔓有些被吓到："好了，好了，别哭了。"

顾希武问："就这一门不及格？"

何栖梧点头，就一门不及格她已经觉得天快要塌下来了。毕竟19分不是谁都能考出来的，这简直是她学生生涯中的一次耻辱。

"那比我想象的要好太多了。"顾希武追问，"物理考多少分？"

"你一定要这样刨根究底吗？"何栖梧觉得顾希武真讨厌。

李禾蔓在一旁笑了："你可知道这次物理考试的平均分是58分。"

"什么？"何栖梧震惊了。

"考得最好的是顾希武，96分，我也只考了76分，这次物理考卷本来就是为了给学生们一个下马威的。所以，不用放在心上。"

李禾蔓解释。

何栖梧擦干眼泪，心里舒服多了："那就好。"

回到家，何栖梧还没来得及脱鞋，她妈就冲过来问她："怎么样？分数出来没？考得还行吧？"

何栖梧有些不知道怎么开口，最后说："还行。班级第一，年级第 48 名。"

"这已经很不错了。"何妈很是激动。

何栖梧勉强地笑了笑，然后洗澡回房间去了。她今天什么都不想做，只想睡觉。

接下来的一周，各科老师上课的第一件事就是讲解这次月考试卷，他们都提出一个共同的要求就是要学生做一本错题集。何栖梧在经历过这次月考的打击后就像变了一个人似的，上课特别认真听讲，而且在课上没听懂的知识也会主动在晚自习前去问顾希武。

这也导致了她班上某些女生产生了想要让她帮忙递情书给顾希武的想法。

何栖梧有些无奈，姑娘们，能不能矜持点啊？

喜欢一个人就非得要告诉他吗？

就这样默默喜欢着，不可以吗？

大家现在都还是学生，学校里可是明令禁止早恋的。

何栖梧曾经帮外班的人传递过情书给顾希武，那时候顾希武拿到后直接撕了扔进了垃圾桶，指责她多管闲事。何栖梧那时候也是不想得罪人，不过那女生后来就恨上何栖梧了，因为她怀疑何栖梧根本就没帮她转交情书，不止一次骂何栖梧。何栖梧也懒得解释了。

这个世界上，做好人真的好难。

所以这次，何栖梧想也没想就拒绝了，她对那个女生说："对不起，你要送情书你就自己去送吧。"

"你帮帮我吧，你不是他的好朋友吗？"女孩讨好地说。

何栖梧不得不昧着良心说："我跟他不熟，我们不熟的，呵呵！"

"你说谎，田亚云说你们很熟的。"女孩突然变了脸色，连说话都严厉了几分。

教室不远处的田亚云有些尴尬，没想到自己就这么被同桌出卖了。

"对不起，我真的办不到。"何栖梧的性格是那种很难拒绝别人的类型，话都说到这个份上，她已经是下了很大的决心。

"哦，我知道了，何栖梧，你就是想自己霸占着顾希武。"女孩很生气地跑出了教室。

田亚云走过来，带着歉意说："对不起，我不知道李菲她真的会来找你。"这智商真是够欠的，她在心里吐槽着。

"没事。我能理解她的心情。"何栖梧笑笑。

事情发生的时候正是体育课，何栖梧身体不舒服就请假了，所以班上就只有她们三个女生在，不过这件事顾莱后来还是知道了。自此，顾莱就看那个女生很不爽了，连带着田亚云，她觉得田亚云这朵白莲花更讨厌，因为就是田亚云在宿舍里把这件事当八卦消息说出来的。

果然有人的地方，是非就多。

10月底的时候，何栖梧他们领到了校服，和初中时候的校服相比，这种定制校服显然要精致许多。有两件白衬衫、一条红色领结、两条深灰色格子百褶裙、两件浅灰色的羊毛背心、两件黑色的西装以及一身灰色的运动服，何栖梧觉得这钱交得真值得。

王鹏宣布从下周一开始就正式穿校服上学，虽然大家以后再也不能穿私服了，但是能够穿到这么好看的校服还是很开心的。

下课后，王鹏叫栖梧和班上一个男生去办公室，原来11月中旬期中考试结束后学校要举办运动会，权当给学生放松、减释压力。王鹏希望班长和体委能够动员班上同学积极参与，不求名次，只求各个项目都有人报名。

何栖梧一开始觉得这件事不难办，可是等真正去班上宣传这件事后，想要参与的人却是寥寥无几。大家都表示兴趣不大，办运动会不用上课两天可以，但是要去参赛还是免了吧，跑得累死累活的还不是照样输给体育生。何栖梧和体委把这个结果回报给王鹏后，王鹏拿着花名册随便勾勾写写，不一会儿就把各个项目参与人员填好了，软的不行那就硬性规定了。何栖梧觉得王鹏真霸气。

运动会报名的事情解决后，王鹏让体委先回班级，留下何栖梧大概是有话要说。

"栖梧啊，我想问你个事。"

"什么事？"

"你和那个一班顾希武是什么关系啊？"

"我们就是同学关系啊。"何栖梧说得很坦然。

王鹏也不打算兜圈子了："有人来跟我说，你们在谈恋爱。"

"谁说的？"何栖梧很生气，她平日里最讨厌的就是那种爱无中生有、搬弄是非的人，做人难道不该光明磊落点吗？

"我和顾希武认识很多年了，关系绝对简单。"

王鹏笑笑："既然没有谈恋爱，那就好，至于谁说的，我不能告诉你，王叔就想告诉你，人心隔肚皮。哪一天被卖了，你还帮着人数钱呢。"

何栖梧想了想，在心里确定了一个名单，这是一种直觉。

"是不是李菲说的？"她问。何栖梧想想自己近来好像也只得罪过她。

"不是。"

那是谁？栖梧想了想，有些不确定地问："田亚云？"

王鹏没有点头也没有否认，何栖梧心里有数了。

"我知道了，谢谢王叔提醒。"

真是知人知面不知心啊。

离开王鹏办公室，何栖梧去厕所洗了把脸，冷静一下才回教室，她当然不会去质问田亚云，这会引起风波。她这人不会吵架，也做不来太过咄咄逼人的事，凡事都想要留个余地，所以，这事她打算自己忍了，就当田亚云从来都没去找王鹏告过状。这种事，也不是第一次发生了，何栖梧以前哭过，但现在她掉不出一滴眼泪，大概真的是比以前成熟了的缘故。

何栖梧看着镜子前的自己，扯出一抹笑容后才回班级。

期中考试成绩出来后，何栖梧终于能笑出声了。虽然她语数外的年级排名掉到了五十名外，但是物理考及格了，光这一点她就该好好庆祝一番。她觉得这些天压在她心里的大石头总算落地了，当然这还得要感谢下顾希武做的物理笔记。所以她决定以后请顾希武吃大餐。

翌日便是运动会，校门口张灯结彩，一派喜庆。

来上学的学生们的脸上都不由自主地漾起笑容，比往日更加精神抖擞。

何栖梧走进班级，发现他们班教室顶上飘了一圈的氢气球，淡粉色的，看得她一颗少女心怦怦乱跳，班上其他人也都喜笑颜开，不再是平日里死气沉沉的样子。看起来，大家对运动会的热情明显就比先前高涨了许多。

王鹏那日随手勾勾画画就决定了参加运动会项目的名单，为了怕同学们产生逆反心理，事后，他特地趁着语文课前的几分钟跑来班级和大家交交心。他的大致意思是虽然现在学习很重要，但是多参加集体活动也能增加大家的凝聚力，你们现在这个班级男女生的比例很和谐，等到文理分班了，再参与运动会就更加没什么乐趣了，所以能享受的时候就享受，不要一天到晚闷着学习，大家能够在一千人里相聚在六班，这是缘分，应当要珍惜。他说得在理且感人，原本对他不满的学生也都接受了安排，都决定能玩的时候就撒了欢地玩，趁着压力没那么大的时候，就是要劳逸结合的。

何栖梧将书包放进桌子下，问顾莱："哪儿来的气球啊？"

"肖易昨天偷偷跑出去买的，听说今天一大早就跟宿舍其他男生在班上打气球了，还买了不少小旗子，说是待会儿走方阵的时候，我们班女生人手一只粉色气球，男生人手一面小五星红旗，看起来就比别的班显眼。"

"有心了。"

也许是大家都体会到了体委肖易的用心，六班早读课的读书声都比往常高了许多。

七点四十五的时候早读结束，大家开始去操场集合，准备走方阵喊口号参加运动会开幕式。肖易让女生们在走到主席台的时候边喊口号边放飞气球，男生们则拼命挥动小旗子，这样与他们班的口号"挥动激情，放飞梦想"就相得益彰了。

八点钟的时候，一中的冬季运动会开幕式正式开始，因为昨天下午学校特地安排了学生们彩排过，所以整个流程都特别顺利。肖易的想法果真让他们班大放异彩，成为焦点。肖易跟栖梧说，这是他从小到大第一次做班干部，作为体育委员，大概最能发挥用处的也就是策划运动会了，所以说什么也要做好。

走方阵结束后开始升国旗唱国歌，然后就是运动员代表、裁判代表以及校长发表讲话，最后就是主持人宣布运动会正式开始。

没有如往常一样，在每次做完广播操后随着一声解散大家都走得乱七八糟地回教室，这一次是一个班级一个班级有秩序地退出。

何栖梧和肖易找了几个男同学搬些桌椅去篮球场作为班级大本营，然后又让顾莱他们去学校小店搬来了水和零食。

很快，广播里就宣布一些比赛项目运动员开始检录准备预赛。虽然操场上的风吹得人瑟瑟发抖，但是大家心里都有把火似的燃烧着激情。栖梧组织了几个文笔较好的女生写广播稿，赶在班上同学参加预赛前拿到广播台为他们加油打气。

顾莱买了一袋子热包子，用干净的透明塑料袋装了两个包子递给栖梧焐手，顺带让她填饱肚子。

栖梧随口问："什么馅的？"

"香菇肉丁。"

"了解我。"

顾莱得意地笑了。

红色塑胶跑道上响起枪声，热烈的加油助威声传入耳中，顾莱拉着何栖梧离开班级大本营，去操场的沙坑处，那里正在进行三级跳比赛。

仲锡遇在学校里的训练项目就是三级跳与标枪，所以运动会上这两个项目他都报名了。

顾莱是想拉着何栖梧去给仲锡遇加油打气，倒不是她跟仲锡遇关系有多好，而是她知道顾希武也会在那里。

何栖梧心知肚明，也不戳穿她。

沙坑处已经围着一圈看比赛的同学，何栖梧一眼就看到了顾希武，他旁边的女生都不敢太靠近他，为自己班的同学喊加油也没敢喊得太大声，怕破音吓着旁人在帅哥面前丢人。

顾莱走近顾希武，突然凑到他跟前，笑着问："吃包子吗？"

顾希武想也不想地回："不吃。"

"豆腐馅的，特地留给你的。"顾莱献宝似的将包子凑到顾希武眼前。顾希武勉为其难地接过，囫囵几口就吃掉了。

顾莱打开了自己的保温水壶，给他倒了一杯水，顾希武愣了愣，但还是接过去了，惹得周围的人在细细低语。何栖梧想大家应该都在猜测他们是什么关系吧。

何栖梧环视周围，正好看到仲锡遇，恰巧他也在看着自己，栖梧礼貌性地冲他笑了笑。

接下来的这一轮比赛，仲锡遇跳出了最好的成绩，惹得周围一阵惊呼。

仲锡遇的嘴角带着从容的笑，他正在一旁脱鞋倒沙子，顾希武走过去说："不错呀，看来这几个月的训练还是有用的。"

在一中，像仲锡遇这类体育生是比普通学生要更早一个月来学校报到参加训练的。这几个月里，仲锡遇每天五点起床到操场上跑步和看书，为了补上自己每天下午因训练而缺失的两节学习课。

这一轮比赛结束后，顾莱笑嘻嘻地拉着栖梧的手冲到仲锡遇的面前："恭喜，第一名哟。"

仲锡遇站起身，笑笑，挠了挠后脑勺。

何栖梧看了看手表，计算着离开班级大本营的时间，然后不好意思地对顾莱说："顾莱，不能陪你玩了，我要去班级大本营盯着了。"

"不要啦，你陪我玩啦。"顾莱撒起娇来，"你看顾希武也是班长，他也在外面玩啊。"

"那是因为蔓蔓是个做事很细心的人啊，不需要别人操心就可以将一切都打点得妥妥当当。"

仲锡遇顺势接话："蔓蔓？就是你的那个发小啊？"

"是啊。你还记得啊。"何栖梧在心里偷偷替李禾蔓感到开心，突然想起了什么，对顾希武说，"顾希武，你也回你们班级大本营啊，总不能什么事都靠蔓蔓做啊。"

面对何栖梧突如其来的话，顾希武有些摸不着头脑，忙点头答应。

眼见顾希武也要回班级大本营了，顾莱也没有了玩的兴致，打算跟着何栖梧一起走。

何栖梧特地去了一班的班级大本营，凑到李禾蔓耳朵旁说了些悄悄话，两人脸上都带着笑容，关系亲昵。

顾莱远远地看着，心里有些不是滋味。她一直都将何栖梧看成是自己最亲密无间的朋友，当初宿舍里虽然住着四个女生，但顾莱觉得自己跟何栖梧的关系是最好的。她以为自己在何栖梧的心里是独一无二的，如今突然冒出来个跟何栖梧从小一起长大的李禾蔓，她如何不介意？

何栖梧重新回到顾莱身边，顾莱一脸不高兴地问："你和李禾蔓说什么话呢？说得那么开心？"

"没什么啊。"何栖梧敷衍道。

她让顾希武回到一班的班级大本营就是为了能让李禾蔓能有片刻的脱身时间好去看看仲锡遇的标枪比赛。她已经错过了仲锡遇的三级跳比赛，若是再错过标枪，岂不是太可惜了。

至于李禾蔓喜欢仲锡遇这件事，这是属于她们俩的秘密，何栖梧是不会让别人知道的。

而顾莱觉得，怎么回事啊？何栖梧和李禾蔓之间不能说的秘密好像越来越多了。

她心里更加不爽快了，直白地说："栖梧，我不喜欢李禾蔓，真的非常不喜欢。"

何栖梧不解："怎么了啊？"

"我嫉妒她和顾希武关系好，嫉妒你们从小一起长大的情分。在你们的心里，我感觉自己比不过她。"顾莱委屈道。

顾莱难得敏感脆弱，何栖梧连忙安慰道："嗨，你是我的闺蜜，蔓蔓是我的发小，你们俩都是对我来说很重要很重要的存在啊。"

"栖梧，你知道吗？友谊其实和爱情一样，两个人正好，三个人就显得有些挤了，多出来的那个人，势必会受到冷落，要伤心的。"

"你放心，在我心里，你比蔓蔓的地位高一丢丢。而顾希武，你们认识那么多年，他和蔓蔓才认识几个月，在顾希武的心里你们俩哪个重要你自己都能掂量出来。你呀，怎么变得这么患得患失了啊？"

"李禾蔓真的不喜欢顾希武吗？"

"真的不喜欢，我保证。"

"为什么？顾希武那么优秀，他们常常接触，难道不会心动吗？"

"蔓蔓心有所属，虽然我现在不能告诉你那个人是谁，但是我可以保证，绝对不是顾希武。"

"那就好。"顾莱点点头，情绪来得快去得也快。

就这样，白天吹着冷风奔跑在操场各个角落，晚上上晚自习的时候，大家都困倦了。原本以为什么都不用思考发呆度过的自习课，因为数学老师突然拿着期中考试的试卷走进班级要给大家讲解题目而泡汤了。顾莱两眼泪汪汪地用藏在书堆后的手做了一个手枪的手势朝着讲台开了几枪，然后才心不甘情不愿地拿出她那不是很满意的数学试卷，将打着分数的地方折起来，好像羞耻感就少了一点了。

不过，饶是如此严肃的数学试卷讲解课上，大家的哈欠也没停过，数学老师拿起讲台上的数学书用力敲了敲讲台，吼道："考成这样还有脸睡觉？不觉得丢人啊？"

同学们因他这一声吼，立刻精神了，接下来的时间里，大家都正襟危坐，认真订正错题。

前面的两节自习课都被用来讲解数学卷子了，后面的两节课是王鹏值班，更加理所当然地讲起自己的语文试卷了。不过因为王鹏没有数学老师那么严厉，所以底下同学并不买账，想睡的就偷偷睡，不睡的就放空脑袋休息，状态都不怎么样。不过王鹏也不在乎，将讲解试卷当成任务悠闲自得地完成了。直到下课铃声响起，大家才得到了解放，比往常更快地飞奔出了教室。

何栖梧拖着疲惫的身体走到车棚，蹲在自己的自行车前等顾希武他们，差点睡着了。

顾希武和李禾蔓一起出现的时候就看到这样一个萎靡不振的何栖梧。

"怎么看起来这么累啊？"顾希武将何栖梧拖起来，语气里都是宠溺。

何栖梧懒懒地回："顾希武，你今天载我回家吧，我骑不动车了，没劲儿。"

"好。"顾希武温柔地笑了。

李禾蔓不无羡慕道："真是好命啊，何栖梧。"

何栖梧得意地朝她扮了一个鬼脸。

初冬的夜晚，黑色的夜幕上亮着两三颗星子，城市的霓虹孤独地亮着，像两条长长的望不到尽头的河流。此时是零下的温度，他们穿着冬季校服，外面套着大衣或者羽绒服，围着围巾，戴着口罩护耳，几乎把自己武装得就剩下眼睛露出来了，可是依旧觉得冷得刺骨。

不过今天的何栖梧却一点都不觉得冷，因为顾希武的身体帮她挡住了所有的风。顾希武将车子骑进何栖梧家所在的小区，在何栖梧的指路下停在了她家楼下。

何栖梧跳下车，解开了围巾，对顾希武说："谢啦。"

"明天要我来接你吗？"

"要。"

"快回去休息吧，晚安，栖梧。"

"好，顾希武，路上小心。"

目送着顾希武骑车离开，何栖梧才上楼。

何妈留了客厅的灯亮着，自己躺在沙发上看电视，听到何栖梧关门的声音，连忙起身，将方才热好的鸡汤端给栖梧喝。

何栖梧有气无力地用手搭着额头："妈，我好像发烧了。"

"啊？怎么发烧了啊？"何妈满脸紧张地问。

"今天吹了一天风，大概冻着了。"

"你把这鸡汤喝了，我给你找体温计量下，没事，吃点感冒药睡一觉就好了。"

"嗯。"

何栖梧夜里烧得难受，直嚷着喝水，折腾她妈也跟着没睡好，好在，到了早晨，何栖梧的烧终于退了。她起身换了身干爽的衣服继续睡了一会儿才起床。

吃早饭的时候，何栖梧的手机振动了一声，顾希武发来短信告诉她他已经等在小区门口了。何栖梧随便吃了点早餐，就拿着书包出了家门。外面雾气重重，能见度大概只有五十米，难怪今天顾希武会比平时要早，何栖梧一路小跑着到小区门口，就看到顾希武坐在自行车后座上在低头玩着手机。

他的侧脸是栖梧所见过的最精致的，线条刚毅没有丝毫的瑕疵，即便早已深深刻在脑海中，此刻的何栖梧还是忍不住停住了脚步，傻傻地多看他几眼，然后才若无其事地走过去打算吓他一跳。

谁知顾希武却好像事先知道了一样，在何栖梧准备在他身后拍他的时候，他突然跳下车直面何栖梧，反倒是吓了何栖梧一跳。

"贪玩。"

"你早就知道我来了啊？"

"是啊，余光瞥到的。"

"不好玩。"

顾希武蹬开自行车脚撑，推着自行车："走吧，不然赶不上早读课了。"

何栖梧坐上后座："那你就骑车骑快点。"

"如果不载你，我骑得很快；载了你，我就骑不动了。何栖梧，你又长肉了吧。一百一十斤有了吗？"

"你少夸张了，我一百斤。相比起一米六七的身高，这体重偏瘦。"何栖梧吼道，同时也有些心虚，为了她那点面子，少说了八斤。

今天是运动会的最后一天，比赛项目比前日少了许多，大家都有些恋恋不舍。在那么多体育生在各自的赛道上闪闪发光的时候，六班最后的得奖情况居然还不错，得了三等奖的奖状，王鹏亲自爬桌贴在了黑板上方，大家看着那小小的一张纸，特别有成就感。

晚上第一节晚自习下课后，何栖梧在座位上写着作业，突然教室外面一阵吵闹，有人在喊："何栖梧，有人找。"

原本吵闹的班级一下子变得安静下来了，何栖梧就在众目睽睽之下走出了班级。

她见到了四五个男生，那个个子最高的从裤子口袋里掏出一个粉红色的信封，特别自然地过来抓住何栖梧的手，将情书摆在她手上。

"何栖梧，我叫胡辽然，很高兴认识你，这是我写了一晚上才写好的，你一定要看啊。"说完，这个叫胡辽然的便拉着他那帮看热闹的狐朋狗友离开了。

何栖梧听过胡辽然这个名字，高年级的老大。

每个学校都有坏学生，这些人也许是当初凭真材实料考进来而后学坏的，也许是家里有钱有势塞钱进来的本身就没怎么学好过。不管以哪种形式进入学校，反正最后大家都臭味相投地成为学校老师们头痛的对象。

何栖梧入学的第一个月里，不乏听说这些人为争年级老大的宝座在操场上打架。而之所以知道胡辽然，那是因为顾莱不知道从哪里打听来的小道消息，之前那个怀孕的女生被开除回家，那个罪魁祸首就是胡辽然。其实，这种小道消息全然没有证据，但谁叫胡辽然是最坏最痞的，这个黑锅他必须得背。

何栖梧之所以收下情书，也是因为怕拒绝了被他们打。

回到座位上，顾莱笑得幸灾乐祸。

何栖梧无奈地撇撇嘴，将那封情书拆开了拿出来，却不料是两张字迹整洁的信纸。顾莱一把抓过去看："头一次见差生的字写得比我好的。"她外公是有名的书法家，小时候没少逼着顾莱练书法，练得不好还要罚她。不过也多亏她外公，正所谓严师出高徒，顾莱的字现在成为她浑身上下唯一的长处了。

顾莱接着看内容，微微惊讶："文笔不错啊。"

"可惜不用在正道上。"何栖梧接话，从顾莱手里抢过信纸，装进原来的信封里，压在了书桌里一堆书的最底下。

顾莱好奇地问："你有什么想法不？"

"珍爱生命，远离渣男。"

"明智。"

第二节晚自习的上课铃声响起，何栖梧继续做着作业，丝毫没有受到任何的影响。

而顾莱则偷偷地躲在书堆后面发短信。

收件人——顾希武。

顾莱："刚有人来给何栖梧递情书了。"

顾希武很快回过来："谁？"

"胡辽然。"

"哦。"

"哦，哦，哦，你就哦啊，没别的反应吗？"

"要有什么反应呢？栖梧不会喜欢那种类型的。"

"那种类型是什么类型？"

"笨蛋型的。"

"好吧，算你狠。"

顾莱觉得索然无味，也就没有再继续聊下去的兴趣了，对何栖梧说："把数学试卷借我抄抄。"

何栖梧头都没抬，将压在最下面做好的卷子拿给顾莱，不忘提醒："别抄得太明显了。"

"知道，我又不傻。"

何栖梧停了笔，看向顾莱："顾莱啊，你对你的未来有什么打算没？"

"没什么打算啊，走一步算一步啊。"顾莱在心里默默补充：不求其他，只要能和顾希武混到一座城市就好了。如果还能跟顾希武谈恋爱，那就更加谢天谢地了。

"真是无忧无虑啊！"何栖梧羡慕道。

顾莱饶有兴趣地问："你呢？你对未来有什么打算？"

"我想考个好的大学，我不想将来某一天后悔，后悔我在最好的时光里没有努力、没有尽力。"

"栖梧，你变了。"

"是吗？"

"从前的你不会有这样的壮志雄心，你突然变得这么奋发向上，我都有些不习惯了。"

"我爸跟我说，这个社会最公平的就是高考了，任何人只要付出了努力，就能得到公平上大学的机会。而知识真的可以改变命运，我们想要成为什么样的人，是可以通过学习来努力做到的。所以，顾莱，撇去你的家世背景，你想成为什么样的人呢？"

顾莱想了想，似乎现在很难回答这个问题，但是，毫无疑问，她想要做一个优秀的人。

这一晚，顾莱难得地失眠了。她早早地就躺在了床上，没有看言情小说，以为很快就可以进入梦乡了，可是栖梧一本正经的表情总是浮现在脑海中，她好像有些慌了。

第二天中午，她利用吃午饭的时间，问何栖梧以后选文科还是选理科。

何栖梧毫不犹豫地说："当然选文科。"

"那你们觉得我应该选文科还是选理科呢？我好像选哪一样都没有差别。"

顾希武忍不住笑了："你还是很有自知之明的。"

何栖梧和仲锡遇也跟着笑了起来。

顾希武喝了一口汤，问顾莱："你怎么不问问我选文科还是选理科？"

"我不用问啊，你肯定选理科。"顾莱说得理所当然。

顾希武意味深长地笑了，并不想多说。

那天之后的顾莱就像变了一个人，上课的时候再也不偷偷睡觉，课后作业也不再抄何栖梧的，她把平日里买的小说都送人了，让何栖梧给她买了不少习题卷，她决定要认真学习了。这让何栖梧感到很欣慰。

胡辽然又来找何栖梧了，在何栖梧收到他的第二封情书依旧没有后续的那一天下晚自习后，他和他的小伙伴们把何栖梧堵在了教学楼的后面，应该说是趁着何栖梧不注意的时候，强拽着她过来的，胡辽然誓要她今天给个答复。

"何栖梧，你愿意做我女朋友吗？"

何栖梧抬起头，正视他的眼睛，慢慢地说："不愿意。"

"为什么啊？"

"学习才是第一要务，谈恋爱什么的都是浪费时间。"何栖梧十分官方地说。

胡辽然看了眼身边的同伴，笑得肆无忌惮。

"真是乖乖牌，装得很。不过，我喜欢。"胡辽然满脸鄙视，嘴角弯起，勾出一个好看的弧度，自信满满地走近何栖梧，将何栖梧推到墙上。何栖梧的背被撞得生疼，他靠她很近，她两只手用力抵着他的身子，不让他再靠近。

胡辽然示意他的小伙伴们先离开，等周围安安静静的就剩下他们两个人的时候，他才开口："你知道有多少人想做我女朋友吗？"

"不知道。"何栖梧淡淡地回。她试图保持镇静，不让自己表现出一丝一毫的惧意。

胡辽然突然将何栖梧的双手都牢牢抓住，何栖梧因为疼而皱起了眉头。

"放开我。"

"你要是不同意做我女朋友，我们俩就在这儿耗下去，反正这里偏僻着呢。"

"你们这种人不是最讲道义的吗？我不喜欢你，就是不喜欢你，就算在这儿耗着，我也不可能答应你做你女朋友。"何栖梧没忍住打了个喷嚏。

"你怎么就这么倔？我哪里差了？"

何栖梧瞪着他，不再同他说话，她希望顾希武和李禾蔓能快点过来解救她。

时间一分一秒地过去，然而她并没有等到她心中所想的人，而是等来了仲锡遇。

仲锡遇过来一把推开了胡辽然，将何栖梧护在了身后。他怒气冲冲，不知道跑了多久，呼吸声和喘气声都特别粗重，眼神很恐怖地看着胡辽然。

"胡辽然，有什么事你冲着我来，不要牵连无辜。"

"仲锡遇，我找人家女孩子谈心，你又来凑什么热闹？"

"栖梧不愿意。你到底要怎么样才肯不纠缠栖梧？"

"大家都说你打架很厉害，我让你跟我打一场，你就是不肯，用看垃圾一样的眼神看着我，仲锡遇，你让我很伤心啊。"

"好，我跟你打一场。"

何栖梧后来才得知，胡辽然也是体育生，在仲锡遇没来之前，胡辽然一直都是教练重点培养对象，教练说胡辽然是他见过的最有天赋的人，直到仲锡遇出现。他似乎带着天生的傲气，体育生从来不在意文化成绩，可是他偏偏就与别人不同，不训练的时候就认真学习。他让教练对他另眼相看，他夺走了原本属于胡辽然的第一名，胡辽然的训练状态越来越不好，教练对胡辽然也越来越失望。所以胡辽然才会对仲锡遇有那么大的怨气。

胡辽然撞见过好多次，仲锡遇每天中午都会跟三个同学一起吃中饭，手下人调查发现其中有他喜欢的姑娘，于是，给何栖梧送情书。他长得不错，在学校里有一帮听话的小弟，打架厉害，有很多很多女孩以能做他的女朋友为荣。这是一件很有面子的事情，可是这个何栖梧在收了他两封情书后居然还吊着他的胃口，还跟他说那套高中生不谈恋爱的陈词滥调，他觉得这个女孩太能装了，不答应他做他女朋友，不就是因为喜欢着仲锡遇吗？

仲锡遇让何栖梧先走，何栖梧猛地摇摇头。

他笑着安慰她："我打架很厉害的，你不用担心。"

"不行，你不要打架，我知道你不喜欢。"仲锡遇练过几年综合格斗，可是他只是为了自保，仲锡遇从没跟人动过手。

"这是男人之间的事情，你个女人管什么管？"胡辽然的声音很暴躁，随时都会动手打人的感觉。

何栖梧跑开了，躲在某个地方给顾希武打电话，顾希武很快接听，那边气喘吁吁，担忧地问："何栖梧，你去哪里了啊？"

"顾希武，你快来，仲锡遇要跟胡辽然打架。"何栖梧的声音带着哭腔。

"栖梧，你别着急，我马上就过来。"

顾希武先找到了何栖梧，她正瑟瑟发抖，不知是因为冷还是因为害怕。

他安慰她："没事的，不会有事的。"

何栖梧用力点点头，带他去找仲锡遇他们。

她不知顾希武会不会打架，但心想，两个人打一个人，总不至于太吃亏了。何况还有她呢，她眼神凶狠地撸起了袖子，随时做好搬起砖头砸人的准备。

事实证明，他们真的无须担心仲锡遇会打不过胡辽然，仲锡遇拿捏着分寸，应对自如。

不过，在仲锡遇看到栖梧又回来而且还带来了顾希武略微分神的时候，被胡辽然猛地一个重击在下巴上。仲锡遇一个踉跄退后了几步，他的眸子里怒火中烧，决心不再退让，快而猛地攻击让胡辽然的脸上也挂了彩，一记重拳将胡辽然 KO 在地。胡辽然的体力已然到了极限，索性就平躺在地上，大口喘息："你赢了。"

他果真什么都不如仲锡遇。

仲锡遇暗自松了口气："那么，你说到做到，不要为难我身边的人。"

"行。"

得到这一句保证，仲锡遇才放心。

顾希武跟栖梧带仲锡遇离开，胡辽然的那一拳又狠又重，仲锡遇的嘴里一直都在出血。

顾希武看着仲锡遇的血染红了一张又一张纸巾："不行，要去医院了。"

"可是他是寄宿生，现在出不去啊。"栖梧说出自己的顾虑。

走读生和寄宿生的胸卡是不一样的，不仅胸卡颜色不一样，就连走到校门口打卡的声音都不一样，所以根本就蒙混不过去。而若是说因为打架而需要去医院，这不是自己撞枪口上吗？

"爬墙吧，学校垃圾池那边的墙应该能爬。"仲锡遇说。

"行，就这么办吧。"

顾希武和栖梧去车棚取车，李禾蔓看到完好的何栖梧后连忙拍了拍自己的胸脯，情绪激动地问："吓死我了，何栖梧，你到底去哪里了啊？害我们一通好找，电话也不接。"

"现在没事了。"栖梧安慰。

三个人推着车出校门的时候，学校保安还问他们怎么这么晚了才走。

何栖梧回："作业不会做，就讨论了会儿。"

"这样啊，早点回家吧。"保安笑了笑。

三个人在校外与仲锡遇碰头，李禾蔓纳闷，怎么这个时间仲锡遇会在校外，而且看起来还有些凌乱。但她知道现在不是一个询问的好时机，所以选择了沉默。

顾希武让栖梧和李禾蔓先回家，何栖梧还想着跟着一起去医院，毕竟仲锡遇也是因为她才受伤的，但到底跟以前寄宿的时候不一样，没那么自由，超过时间不回家，她妈就会打来电话问到哪里了？怎么还不回家？

何栖梧无奈，只关照顾希武多晚都要打个电话给她。

骑车回家的路上，李禾蔓追问一番才知道今晚发生的事以及仲锡遇为何栖梧打架受伤的事。李禾蔓觉得这也太巧合了，怎么刚好仲锡遇就撞到他们了呢？何栖梧回答不上来，只对李禾蔓说等明天有机会再问问仲锡遇。

李禾蔓追问："你确定他就挨了一拳是吗？"

"应该是的。蔓蔓，你知道吗？仲锡遇他爸妈在他很小的时候就分居了。他跟着他爸生活，倒不是因为他妈不要他，只是他爸是个太会闹腾的人了，凡事都得顺了他爸的心意，不然他爸会闹得人仰马翻，别人休想有好日子过。所以仲锡遇的妈妈也没敢把仲锡遇接过去一起生活。但是他爸吧，有个很不好的习惯，酗酒贪杯，酒品不好，常常会在兴奋的状态下把仲锡遇打个半死，所以仲锡遇的妈妈就送他去练综合格斗了。从那之后，仲锡遇就知道该如何躲避他爸的打，减少受伤。"

"你怎么会知道？"李禾蔓好奇地问。

"以前班上有个女孩子跟他家是邻居。有一次仲锡遇脸上有瘀青，那个女孩子很担心他，就去问他是不是他爸又动手了，正好被我和顾希武听到了。后来，仲锡遇就干脆对我们坦白了。我永远也忘不了当他说他不喜欢打架时的神情，他说他学格斗是为了防身，不是为了成为一个和他爸一样暴戾的人，他不想打架惹事，让别人看笑话。"

李禾蔓觉得眼睛酸酸的，差点落泪："我都有些心疼他了，也好像更喜欢他一点了。"

"嗯，他人真的很好。"何栖梧认真地说。

李禾蔓故作轻松地笑说："是啊，多谢你喜欢的人是顾希武啊。"

何栖梧回到家的时候，看了看墙上的时间，十一点半，栖梧她妈听到声响从房间跑出来，着急地问她："你怎么迟了这么久才到家啊？"

"在学校里遇到了点事。"

何妈还要刨根究底地问下去，何栖梧一副不耐烦的神情回她："我什么都不想说，我也有自己的秘密，你尊重我一下行吗？"

"你个死丫头，吃炸弹了啊，火气那么大。"

何栖梧累极了，懒得跟她吵，去卫生间洗了把脸，回房间等电话。

没过多久，敲门声响起。

何栖梧把英语书翻到单词页，假装背单词，顺便说了一声："进来。"

"出来吃点饭吧。"

"妈，刚才我心情不好，不好意思啊。"

"没事，你是我生的，我还不了解你啊。你哪天要是不气我，我都不习惯了。"

母女俩相视一笑，各自开朗。

何栖梧吃完夜宵后回到房间打起精神做了一套卷子，顾希武的电话终于打来了。

"喂？顾希武，仲锡遇他怎么样啦？"

"嘴巴里缝了十三针，我刚送他回家休息了。"顾希武的声音有些疲态。

何栖梧听到电话那头的风声："你还没有回家吗？"

"在骑车啊。"

"这样不安全。"

"没事，现在非机动车道上没啥车，都一点多了啊。"

何栖梧看了看手表上的时间，果真是一点多了。

"你也很累了，回家早点休息吧。"

"栖梧，再陪我聊会儿天吧。"

"好啊。"她心想反正都已经没了睡意，那就陪陪顾希武了，他那么累了，说说话还能提提精神。

"栖梧，你以后想去哪里读大学啊？"

"北京。"何栖梧不假思索地回。

"为什么是北京呢？"

何栖梧笑说："就想看看人在首都到底有多渺小啊。"

顾希武被逗乐了，骂了一句："神经。"

何栖梧也不再跟他开玩笑了："好了，跟你说实话吧，我以前不是看了很多杂书吗？其实我对写故事很感兴趣，一直都在学习那些作者怎么写故事的，以后我想做个图书编辑，跟书打交道。而北京有很多出版公司与杂志社，他们大多都招实习生，在北京上大学就能够去那些公司实习了，也算是积累经验吧。"

除了想做图书编辑，她这辈子还想出一本书。这在那时看来，她怀揣着这样的梦想，似乎是有些拎不清、有些痴心妄想了。而她当然也没有想过她这辈子哪里只会出一本书，在她二十岁生日那天，她接到了出版公司编辑的消息，通知她稿子过终审了，从那之后她开始走上写故事出版书这条道路。

当然这都是后话了。

这是何栖梧第一次对外人提及自己的梦想，这也是顾希武第一次明白，过去三年过得浑浑噩噩白天睡觉晚上做夜猫子的何栖梧有着自己的追求，她看那么多的杂书，不仅是为了消遣，还是为自己的未来做准备。

顾希武也有了倾诉的欲望："那么我也去北京读大学吧。"

他的话让何栖梧的心漏跳了半拍，她高兴得从椅子上跳起来，问："真的吗？"

"真的。"

也对，北京有着最好的大学，那里才是顾希武的追求。

"你想考清华北大是吗？"

顾希武沉默了几秒，才答："是。"

"那我们就做个约定吧，高考后一起去北京。"

"好。栖梧，这是我们的秘密，你不要告诉别人。"顾希武意有所指，他不希望顾莱知道这件事，也不知何栖梧到底听懂了没有。

"嗯，我谁都不说。"她可舍不得把这个只属于两人的秘密告之第三个人知道。这个秘密对她来说太珍贵了，她突然觉得他们的距离又近了一点了。

从电话那头的声音，何栖梧听出来，顾希武似乎到家了。

何栖梧依依不舍地道了声"晚安"后挂了电话，扑倒在柔软的被子上，心里甜滋滋的。

虽然只睡了四个小时，但是何栖梧因为心里藏着事，隔天上课的时候倒也没显得萎靡不振的。

中午吃饭的时候，何栖梧和顾希武看到仲锡遇的时候都震惊了，栖梧努力地回忆，昨晚仲锡遇脑袋也受伤了吗？

顾希武更是纳闷，心想昨天分开的时候，仲锡遇这脑门上也没有那么大的瘀青啊，不过一夜之间，又出什么幺蛾子了？

倒是顾莱，因为不知情，凑到仲锡遇面前瞧了又瞧，仲锡遇都被她看得有些不好意思了，用手遮挡着自己的额头。

"你昨晚撞到头了啊？"

"没。"仲锡遇因为嘴巴缝针，说话有些口齿不清。

"那是打架了？"顾莱问出口后自己就先否定了，"不对，你从来都不打架的。"她好奇死了，跺跺脚，"你到底是怎么了吗？"

"顾莱，你别那么八卦好不好？"栖梧说。

顾希武帮腔，扯了个谎："他洗澡的时候摔了。"

顾莱大惊小怪道："哎呀，仲锡遇，你这么大的人了怎么这么不小心呢？还疼不疼啦？"

仲锡遇说得极慢，一字一顿地说："不……疼……了……"

其实哪里会不疼，但他是男生，大概也不好意思说自己疼吧。栖梧无比内疚地想。

吃饭的时候，何栖梧无比殷勤，给仲锡遇端了两碗汤，弄凉一点再给他喝。

顾莱偷偷瞧着两人之间的互动，心想今天何栖梧吃错药了吗？怎么变得如此反常？

仲锡遇吃得极慢，其他三个人都等着他，他也不好意思再吃了，放下汤勺，准备离开，谁知被何栖梧阻止了："不行，你都没吃多少，我们等你，不着急的。"

顾希武说："是啊，我还不知道你的饭量啊。"

顾莱觉得今天的何栖梧和顾希武对仲锡遇都好温柔啊。

"我怎么觉得你们三个有事瞒着我啊？"

栖梧低了低头，倒是顾希武不动声色地回："有吗？你多心了。"

"是吗？"顾莱一脸审视的样子。

"是。"顾希武一副云淡风轻的样子，让人瞅不出任何的破绽。

"那好吧，当我多心了。"

顾莱和仲锡遇各自回了宿舍，何栖梧与顾希武慢慢走着。

"我想也许是他爸的杰作。"何栖梧猜测。

顾希武叹了口气："我想也是。"

他们没法当面问仲锡遇，一方面是因为顾莱在，当年仲锡遇坦白他的经历的时候，顾莱正好不在，他的事只有顾希武跟何栖梧以及当时班上的那个女生知道；另一方面他们是不想让仲锡遇太难堪了，毕竟有个那样神经质的父亲，任谁都不想提起。

何栖梧对顾希武说："我要去药店，帮他买消除瘀青的药。"

"我陪你一起去。"

"好。"

顾希武欲言又止，最终还是问出口："栖梧，你真的很喜欢仲锡遇吗？"

"为什么突然这么问我？"

"就是很想要知道。"

"他是我的朋友。"在昨晚之前，何栖梧还想着跟仲锡遇保持适当的距离，她只当他是同学，但是昨晚之后，栖梧就真的把他当朋友了。

如果何栖梧敏感一点，那么她就能细细分辨顾希武的问题，而不会答非所问了。

然而这个问题，他也只会问这么一次了。

上晚自习之前的五分钟，何栖梧拿着自己中午买的药水去仲锡遇班级找他。

这是何栖梧第一次来找他，仲锡遇很高兴，在何栖梧递给他药袋子的时候，更是受宠若惊，差点忘记说谢谢。

何栖梧看着仲锡遇的眼睛："昨晚你怎么会那么巧赶到救我？"

"哦，体育生都有自己的圈子，胡辽然跟他朋友在 QQ 群里说的话被人截图发给了我。我知道他最近盯上你了，我本想提醒你这几天小心点，又觉得还是不要让你担惊受怕的，你一个女孩子手无缚鸡之力，也不可能对抗得了胡辽然，所以每天下晚自习后我都会跟着你，看着你安全到达车棚，跟顾希武他们会合后才回宿舍。"

没有想到，仲锡遇为她做到如此地步。

何栖梧有些感动："谢谢。"

"不谢，保护你，这是我应该做的。"

听他这样说，何栖梧感到局促，想转移话题："你缝针的地方要拆线吗？"

"不用的，缝针用的是可吸收的线。"

"那就好。"省得你又得疼一次。

上课铃声终于响起，何栖梧匆匆跑回自己的班级，仲锡遇望着她的背影，直到值班老师来了，他才不情不愿地回到座位上。

后来，何栖梧才听人提起，胡辽然主动退学了，听说是回家学做生意去了。

　　而高年级的坏学生们最近都在蠢蠢欲动，不太安分，打了几次群架后，也没选出新的老大。

　　何栖梧觉得这群人现在把学校当江湖，不知以后会不会后悔这些幼稚行为。

唐璜的回忆

WOZHIDAO
FENGLI
YOUNIDEQIXI

第五章

时间一晃眼就到了 12 月下旬，再过两天就是平安夜了。

各班可以自己组织圣诞节节目，然而比起表演节目，大家投票一致决定那天晚自习，大家一边吃零食一边看两部电影度过，省事省力。

何栖梧自然是求之不得，她和几个班干部最终选了英文电影，英文原音加中文字幕，既可消遣时间还能学点英文口语。王鹏很是赞同。

顾莱这几日都处于异常兴奋的状态，因为平安夜就是她的生日，应该说每年这段时间，她都很兴奋。顾莱最常在生日会上说的话就是："感谢我妈当年选择在西方平安夜这一晚把我剖腹生出来，你们看，我和耶稣同一天生日耶，全世界都好像在为我的生日欢呼庆祝呢，我真是赚大了。"

　　所以她每年都要大张旗鼓地筹备自己的生日会。

　　不过今年学校门禁可严着呢，好不容易偷溜出去了势必要撒了欢地玩啊。为了不被告状，她计划只邀三五个朋友出去吃大餐，然后去 KTV 通宵唱歌。

　　这三五个朋友里包括了顾希武、仲锡遇、何栖梧以及李禾蔓。

　　顾莱没想过要邀请李禾蔓，但是栖梧为了给李禾蔓以及仲锡遇制造相处的时间，就硬是逼着顾莱邀请了李禾蔓。

　　顾莱最后没法，只说："行啊，只要她李禾蔓假请得下来，我就让她跟我们一起玩。"

　　"开玩笑，他们那些好学生就算不请假逃课，老师都能给他们找到好理由好吗？"

　　何栖梧一语惊醒梦中人，顾莱怒骂了一声："是哦，像我这样的，我说发个烧要去挂水，老师都有可能不信，觉得我是贪玩逃学。"

　　"爱信不信，反正病假是不可能不批的，你说发烧，老师难不成还摸你头啊？"

　　"人和人的待遇怎么就差那么多？"顾莱咬咬牙，想要发愤图强的念头更加强烈起来。

　　平安夜那天傍晚，顾莱的三五个朋友都各显神通地请到了假，并开到了出校证明。

　　顾莱的父母接受的都是西式教育，自然要比别的家长开明许多，顾莱给家里报备了过生日的事情，顾家派人给顾莱他们在望月楼订了一桌菜，并提前把包厢用彩带和气球装饰了一番，还贴心地准备了生日蛋糕。

席上，顾莱让服务员把所有的饮料果汁都给撤下去了，嚷嚷着："今晚所有人都要给我喝扎啤啊，谁也别想逃。"

何栖梧想起之前在山东玩，跟亲戚们一起坐在路边的桌子吃烧烤、喝扎啤，周围是明晃晃的灯笼，微风拂面，湿润而清新。

她有些嘴馋："可以啊，又不是没喝过。"

服务员端来几个啤酒杯，然后倒满扎啤，顾莱站起来，举杯："先来干一个吧。"

包厢里的暖气开得很足，李禾蔓脱了羽绒服，撸起袖子，有些兴奋地站起身，举起啤酒杯，随后何栖梧他们也都站起来了。

随着顾莱豪迈地喊了一声"干杯"后，大家都仰头喝光杯子里的啤酒。

坐下来的时候，何栖梧差点打嗝，好不容易才压下去酒气，连吃了几口菜，才缓过来，她的脸越来越红，越来越烫。

顾莱注意到李禾蔓的酒量似乎不错，夸奖道："可以呀，李禾蔓，面不改色的。"

李禾蔓轻轻笑了，得意："那是。"

仲锡遇不经意间看了李禾蔓一眼，又听何栖梧说："我们蔓蔓酒量好着呢，她小时候就开始喝啤酒了，夏天里把啤酒当饮料喝着玩。"

"那可以跟我拼酒了啊。"顾莱激动地说，"我最喜欢会喝酒的朋友了，栖梧每次都是两瓶啤酒就是极限了，太没意思了。"

何栖梧提议："那你们俩可以发展成为酒友啊。"

顾莱举双手赞成："这个可以有。李禾蔓，就这么说定了啊，下次想喝酒了就约你。"

"好啊。"李禾蔓爽快答应。

顾莱对李禾蔓的好感度提高了一点，她之前一直都以为李禾蔓是那种只会学习苦读书不会玩乐的书呆子，从不做出格的事情，现在看来，是她的想法太狭隘了。

何栖梧知道李禾蔓是为了吸引仲锡遇的目光，所以才会那么快就和顾莱混成一片。

而顾莱今晚不知是抽什么风，特别贪杯。

等到桌子上杯盘狼藉的时候，服务员关了灯，推着点着蜡烛的蛋糕进包厢，微弱浪漫的烛光照亮了每个人的脸。

顾莱站起来的时候腿都在打晃，顾希武眼疾手快地扶着她，才避免她跌倒，小声提醒："你小心点啊。"

"谢谢啊，顾希武。"顾莱的声音因为喝酒变得有些嘶哑。

她跌跌撞撞地走到蛋糕前，由服务员给她戴上了生日王冠，大家一起给她唱生日歌，顾莱微笑着闭上眼睛，双手握拳，低头许愿，随后睁眼吹灭了蜡烛。

下一秒，包厢的灯全都亮起来了。

顾莱拿掉蜡烛后，开始切蛋糕，却恶作剧地蹭了奶油抹了何栖梧一脸。顾莱笑得没心没肺，何栖梧气急，作势不放过她，顾莱逃开了，栖梧就在后面追。顾希武摇摇头，问服务员要了两包湿毛巾待用。

李禾蔓自觉地给她们收拾残局，切了一块蛋糕放在盘子上，问身边的仲锡遇："你爱吃甜食吗？"

这是他们今晚说的第一句话，由李禾蔓主动，她今晚借酒壮胆，直接跟仲锡遇搭话了，甚至都没有好好地去看他的脸，她的目光就躲闪掉了。

何栖梧曾说，真的喜欢一个人，是没有勇气直视他的。他的目光就像有温度一般，灼烧得你浑身不自在。李禾蔓现在面对仲锡遇，就是这种情况。

"嗯。"仲锡遇依旧是那样清冷的神情。

李禾蔓微微诧异："没想到男生也爱吃甜食啊。"

"我比较特殊吧，顾希武就不爱吃这些，觉得太腻了，咽不下去。"仲锡遇边说边挖了一口蛋糕送进嘴里，入口即化。在他充满悲剧色彩的生活中，甜食能够带给他快乐。

两个人安安静静地坐着吃蛋糕，倒也不觉尴尬。

那边，何栖梧终于逮住了顾莱，将自己脸上的奶油都抹在了顾莱的脸上。顾莱挣扎着，但也无济于事，她喝多了，力气自然是没有何栖梧大的。两人闹累了，何栖梧才放开她，重重地喘着气，瘫坐在沙发上。

顾希武走过来，把湿毛巾拆开，温柔地替她擦干净了脸。顾莱在一旁痴痴地看着。无论顾希武对栖梧做什么亲密的举动，他们自己都感觉不到这很亲密，却叫顾莱看着看着就红了眼，好像突然清醒了，没那么醉了。

顾莱起身去了卫生间，要不是今天她偷偷地往脸上抹了脂粉，她肯定会耍赖叫顾希武也给自己擦脸的，这不是怕被他发现她今天比平日里气色好看是因为化妆的缘故嘛。

站在镜子面前，顾莱轻轻地用纸巾擦掉脸上的奶油，随后从小包里拿出粉饼给自己补妆，重新涂抹了口红，冲着镜子嘟了嘟小嘴，才满意地笑着离开。

离开望月楼后，因为KTV就在这附近的一条街上，走十几分钟路就到了，所以一行人便没有叫车，正好吹吹风散散酒意，欣赏繁华的夜景了。

街上人很多，大多成双结对的，虽是平安夜，却大有一种情人节的气氛。

冬日特有的湿润的、寒意刺骨的风吹乱了每个人的头发。

何栖梧提了提自己的围巾，遮住了大半张脸，露出一双无辜的大眼睛，对身旁的顾希武说："如果圣诞节下雪就浪漫了。"

"我查了天气预报，这两天的确有雪。"

"真的吗？太棒了，可以打雪仗了。"

顾希武笑问："怎么？又想被虐啦？"

"顾希武，你别戳我伤口啊。"

去年冬天Y市下了一场鹅毛大雪，一夜之间，整座城市都被皑皑白雪覆盖住了，积雪最深的地方能到人的膝盖。当时学校临时发了通知，让走读生就不要来学校上课了怕路上出事，而寄宿生则去教室上自习。当时还有两个星期就是期末考试了，一开始教室里还有老师来值班，可是见班上安安静静的，只有翻书写字的声音，后来就不来了，躲在办公室吹空调了。

何栖梧做题做累了就坐在窗边观察雪的形状，发现落在窗户上的每一片雪的形状都是不一样的，便忍不住在草稿纸上画出来，后来实在觉得无聊，便借口去厕所之际跑到了操场上玩雪。没想到，操场上已经有好些别的班的同学在那儿打雪仗了。

何栖梧走过去后，不知被谁扔过来的雪球砸中脖子，雪水沿着脖子往下流，这凉爽度简直是透心凉。她环视四周，想要找到"凶手"报仇，却见大家都一脸无辜的样子，没法子，这口气她忍了。

就在她一个人滚雪球的时候，顾希武出现在了她面前。

"出来玩，都不叫我。"

"你不是怕冷吗？"

"笨蛋，下雪的时候不冷，化雪的时候才冷。"顾希武说完就蹲下抓了一把雪，往天空撒去，那些雪有一大半都落在了何栖梧的头发上身上。

何栖梧愣愣地看着顾希武，心里乱极了。

他笑起来的样子也太好看了吧，比明星都耀眼。

在何栖梧发呆的时候，一只雪球又砸在了后脑勺，她吃痛地微微皱眉。

何栖梧怒了，到底是谁啊？这么殃及无辜。

她转过头去，却发现是顾莱。顾莱冲她做了一个鬼脸，得意地扭了扭腰便跑开了。

何栖梧气笑了，懒得去"报仇"了，继续堆自己的雪人。

后来他们班溜出来的人越来越多。

也不知是因为什么，本来玩得挺好的，却上升为班级间的大战，大家互扔雪球，何栖梧和顾希武本想置身事外，却还是被连累卷入战局里来了。

大家你砸我躲，何栖梧就在那场战争中光荣负伤了，因为脚滑摔倒在了地上，伤了腰。

最后是顾希武背着她去了校医务室，提前退出了战争。

再回到班上，听说隔壁班被砸得很惨，他们班大获全胜，不过他们笑中也带着苦涩。

因为操场动静闹得太大了，老师们循声过去，河东狮吼着都要考试了还玩得这么欢，板着脸各自领着调皮的学生回班级写检查了。

顾希武听后，假惺惺地握住了何栖梧的手，庆幸道："谢谢你啊，栖梧，要不是你腰伤了，我们也逃不掉写检查的命运了。你这腰伤得真及时啊。"

何栖梧哭笑不得，要不是腰上贴着膏药火辣辣的，她早就揍得顾希武满地找牙了。

那场雪其实也不过就是一年前的事情，何栖梧却觉得那是一件好遥远好遥远的事情。

"顾希武，即使是现在，我还是很不喜欢当年隔壁班的人。当年的他们骄傲得跟孔雀一样，觉得自己高人一等，样样都要和我们班比，成绩、比赛，实在太讨厌了。"

"没错。"顾希武附和。即便当年的隔壁班有他的堂哥在，也不能给那一班的奇葩加分。

顾莱走在他们前面，一路听着他们聊天的内容，想要插嘴，却发现什么都插不上，心里又是一阵颓败。

路过星巴克的时候，顾莱给每人都买了一大杯咖啡，就怕他们中途有人熬不过去提前睡着。

到了 KTV，由服务员领着他们去了大包厢，有长长的沙发和吧台以及独立的卫生间，吧台上放着果盘、酒水、爆米花、瓜子等零食。

顾莱让何栖梧他们先点歌，自己就进了卫生间。

包厢里的小伙伴们都把自己准备的礼物从书包里拿出来了，堆在沙发茶几上，等着顾莱一一检阅。

顾莱出来后望着大大小小包装精美的礼物，激动地蹲下把礼物都搂在怀里："我最喜欢拆礼物了。"

"可是我费了好长时间才想出来要送你什么的，你什么都不缺，可难为死我们了。"何栖梧说。

"爱你们。"顾莱起身抱住了顾希武，快速地吻了吻他的脸颊，随即跳开去吻何栖梧。

顾希武都惊呆了，没被吻到的李禾蔓和仲锡遇默契地跳上沙发，嫌弃地躲顾莱远远的。

"你们下来，本小姐的吻可是很值钱的。"

"免了吧，我会起鸡皮疙瘩的。"李禾蔓摆手。

"我喝多了就有亲人的习惯，改不掉。"

仲锡遇这个闷葫芦直接用行动表明自己的立场，用抱枕作势要砸顾莱。

顾莱说了一声"讨厌"后就去点歌了。

何栖梧和顾希武面面相觑，一脸懵懂。

"她喝多了。"何栖梧帮腔。

顾希武同意，咬牙切齿道："要不是她喝多了，我就揍她了。胆儿肥了，敢占我便宜。"

何栖梧不自然地笑了笑。

栖梧心里清楚顾莱是故意的，她不是因为喝多了才吻人，而是因为要吻人才喝多的。就连吻她的举动，都是为了避免顾希武生疑。

这样的顾莱，何栖梧却不能戳穿她。

何栖梧知道顾莱一定在脑海中把这一场景幻想过很多次，而她又是需要怎样的勇气与纠结才把这一幻想付诸行动。

何栖梧心疼她，更心疼自己。

她嫉妒，却无法表现出来。

这时候，顾莱就像没事儿人一样，扔了一个话筒给顾希武，邀请他一起唱《死了都要爱》，开开嗓子。

顾希武拒绝了。

顾莱怔了怔，无所谓地笑了笑。

死了都要爱，不淋漓尽致不痛快

感情多深，只有这样才足够表白

死了都要爱，不哭到微笑不痛快

宇宙毁灭心还在，把每天当成是末日来相爱

一分一秒都美到泪水掉下来

不理会别人是看好或看坏

只要你勇敢跟我来

爱，不用刻意安排

凭感觉去亲吻相拥就会很愉快

享受现在，别一开怀就怕受伤害

许多奇迹我们相信才会存在

......

顾莱吼得撕心裂肺，最后连脸颊都湿了。

何栖梧看得清清楚楚，从顾希武身前的茶几上拿了话筒，站在顾莱身旁，陪她一起唱着。

结束的时候，顾莱拥抱住何栖梧，在她耳边说："我做得太过火了是吗？"

何栖梧想了想，说："不，你很勇敢。暗恋了这么多年，吻个脸颊怎么了？便宜他了。"

顾莱笑得前仰后合，大声地对何栖梧喊了一声："对。"

吻一吻顾希武，这就是她今年的生日愿望啊。真的实现了呢。

两个女孩子又继续唱了下一首歌——《天高地厚》。

顾莱很尽兴，何栖梧却觉得自己嗓子都要冒火了，一曲结束后就把话筒扔给了李禾蔓，没再坐回沙发上，自己挑了吧台的位置坐着，喝了点冰红茶，刻意与顾希武保持距离。

深夜两点，其他人一番热闹后都睡着了。何栖梧因为喝了咖啡的关系胃不舒服，来来回回地去卫生间干呕了好几次，再出来的时候，看见外面灰白灰白的世界里洋洋洒洒地飘着雪花。

何栖梧兴奋地走过去，开了点窗户，将手伸了出去。

圣诞节真的下雪了。

她觉得自己心里也是冰天雪地的，闭了闭眼睛，流下了一滴晶莹的眼泪。

　　暗恋一个人，心真的好苦好痛。

　　然而即便真的很喜欢顾希武，可有时候，她也真的讨厌顾希武。

　　他天生就是让人伤心的吧。

　　这个世界上只有一个顾希武，可是他偏偏让那么多姑娘动了心。

　　那么多姑娘为他伤透了心，可他却安然无恙，什么都不知道。

　　想想，不知情竟也是一种幸福。

　　早上六点钟的时候，不知道谁调的手机闹钟响了，大家都醒了，收拾了一番，去肯德基吃了顿早餐才打车回学校。

　　雪依旧在飘，世界静谧如初。

　　顾莱头疼得厉害，早上直接请假在宿舍休息了。没办法，她需要时间舔伤口。

　　何栖梧的精神也不好，强撑着听了四节课，就趴在桌上睡着了，连去食堂的精神都没了。

　　再次醒来的时候，发现桌上一堆书上面放着面包，不知是哪位雷锋做好事不留名。

　　却又忍不住想，是顾希武吧？

　　何栖梧拿着水杯去教室前面饮水机前放了一杯温水，啃起了面包填饱肚子。

　　午休结束时，顾莱跟着室友笑嘻嘻地走进教室，看上去心情很好。

　　没等何栖梧自己问，顾莱就把好事告诉何栖梧了。

　　原来顾希武送了她一个旋转木马音乐盒，超级精致，她可喜欢了。当然何栖梧送她的麋鹿项链她也很喜欢，已经戴起来了。

　　何栖梧回应："喜欢就好。"

元旦过后是家长会，为了分班的事情。

何栖梧和顾莱两个人的妈妈在家长会散会后站在一起说了很久的话才分开。

晚上回去后，何栖梧才知道，顾莱的妈妈有意让顾莱去尖子班，当然他们也会想办法把何栖梧也转去尖子班。

何爸知道后，有些为难："这么大的人情，以后叫我们怎么还？"

"是啊。"何妈亦是一脸犯愁。

不过，为了栖梧的将来，他们都没想过要拒绝这样的好意。何爸之前特地咨询过他的老同学王鹏，想了解下栖梧转去尖子班有没有可能。当时王鹏回复他很难，这不是花钱就能办成的事，却没想到现在这样的好事突然就降临了。

"栖梧也是幸运，竟然和顾莱做了好朋友。"何妈感慨。

何栖梧回房间给顾莱打了电话，问她知不知道这件事。

顾莱也是头一回听说。

"我妈真是太强了，以我的分数把我弄进重点班就算了，现在居然还想把我们都塞进尖子班。"

"要花很多钱吗？花多少你问问你妈，我让我爸妈来出钱。"

"应该不用。校长是我外公的学生，他很卖我外公的面子的。"

顾莱说出这点关系，何栖梧就放心了。尖子班的老师都是这所学校出类拔萃的高级教师，能进尖子班，上课也听得懂些，尤其是物理和化学这两门课。

而顾莱开心的是，若是进了尖子班，就可以跟顾希武同一层楼上课了。

两天的期末考试后，何栖梧他们又在学校里补了几天课才被放回家过寒假。

补课那几天，期末考试的成绩陆陆续续出炉，大家根据这次考试的分数填写了文理分班卡交给了老班。顾莱有苦难言，她居然政治和历史都没及格，她都有些不确定还要不要选史政班了，不过她地理也没及格，似乎去了史地班还是同样的悲剧。何栖梧就好很多，这次她不仅没有一门学科不及格，语数外的分数又提高了许多，真叫人羡慕。

寒假也就两个星期的时间，老师们却布置了一堆的试卷，虽然只有语数外的，却也叫人开心不起来。

然而，何栖梧还没来得及哀号，顾莱就找到了答案。

顾希武做的数学试卷，李禾蔓做的英语试卷，加一班语文课代表做的语文试卷。

这速度，也是没谁了。

为了能过一个高质量的寒假生活，何栖梧也决定堕落了，不抄白不抄。

于是，寒假第一天，何栖梧和顾莱特地起了个大早，约在了市区的一家咖啡馆里，一起抄作业。

不知情的店长以为这俩学生有多用功，让店员送来了两份店里新推出的彩虹蛋糕给她们品尝。

何栖梧和顾莱受宠若惊，心虚接受。

下午，赵南和井榆来咖啡馆找栖梧她们，四个人隔了半年才见一次，抱成一团。

四人边品着咖啡边说着这半年有趣的事情。

顾莱自然是说起了她和顾希武的一些情况。

何栖梧才知，原来顾莱每日都会发短信"骚扰"顾希武。

她不禁好奇："你们怎么会有那么多话聊啊？"

"就天马行空地聊啊，比如问他最近听什么歌、看什么电影了、玩什么游戏了，往远一点聊，就是暑假打算去哪里旅游，有不会的题目我也会问他。不过，我也只敢每天跟他聊十分钟时间，怕他嫌我烦。"她有所隐瞒的是，他们聊得最多的话题便是何栖梧。

赵南直言："顾莱，你干脆就表白吧，你这样，我都替你觉得累。"

"我不。"顾莱傲娇地说。心里却是底气不足。明知顾希武不喜欢自己，还表白，她这不是自己找虐吗？也许顾希武就等着她表白，然后他直接拒绝，两人就此成为陌路人。

赵南也许觉得早死早超生比较干脆，可是顾莱哪里舍得跟顾希武说断就断。

还不如就这样一直暗恋着，能继续做朋友，也能给自己留一点希望。

"我真的觉得很奇怪，顾希武难道真的看不出来你喜欢他吗？他那么聪明。"井榆困惑地问。

顾莱之前也想过这个问题，觉得顾希武应该有所怀疑了，特别是她亲了他之后，他那么冷漠，她就更加肯定自己的猜测了。

想到此，顾莱干脆把自己喝多了亲了顾希武的事情一并告诉了赵南和井榆。

听得两人直接对顾莱竖起了大拇指，太机智了。

赵南总结："你为了顾希武，真是费尽心思啊！"

何栖梧自始至终都充当着聆听者的角色，不插嘴也不提意见。

从咖啡馆出来后，四人一起逛街买了新年衣服，吃了晚饭看了电影才散。

离别的时候，大家都有些伤感的情绪，因为下次见面又不知是何时。赵南和井榆都在新的环境里交到了不错的朋友，她们都明白时间和空间的距离终究会将这段友谊磨得越来越淡，不复往昔了。

接下来的几天，何栖梧一直都忙着帮她妈给家里做大扫除。何栖梧直言当个家庭主妇着实不易，家务活真是多，洗窗帘、被套床单，虽是放进洗衣机里，晾晒也是体力活。好在拖地、擦窗户这些事给何爸包了，何妈说他正好可以减肥。

何爸买了春联贴在门外，给家里的发财树挂上了小灯笼，家里过年的气氛也浓了一点了。

大年三十那日下午，何栖梧和她妈妈在家里包饺子，何爸在厨房里准备年夜饭。

一家人难得如此其乐融融，温馨美好。

包好饺子后，栖梧洗了手回了房间，电脑上 QQ 图标一直在闪烁着。

何栖梧点开，立刻出现了无数个对话框，都是祝她新年快乐的，都是一些同学，其中还有仲锡遇的。何栖梧一一回了信息过去，然后就看到顾希武的 QQ 下显示着他在听歌。

何栖梧特地打开酷我音乐，去搜索了同样的歌来听，暗自欣喜，而后又觉得自己就好像是个偷窥狂啊。

可这大概就是暗恋的最常态吧。

偷偷听他听的歌，看他写的每一条空间说说，好像这样就可以离他的心更近一点了。

何妈端了一碗红枣银耳汤进来，就看到何栖梧戴着耳机在偷偷傻笑。

"干什么呢？"

"听歌。"

何妈不信："给我听听。"

何栖梧拔掉了耳机，把音乐放出来。

甜美的女声，旋律优美，歌词励志。

何妈就放心了。

晚上大家窝在沙发上看春晚时，何妈又听到了这首歌，问栖梧这是不是她下午听的歌。

电视上，女歌手穿着美艳的红裙子唱着动听的歌。何栖梧点点头。

"没想到这首歌是这个小姑娘唱的啊，她不是演员吗？居然唱歌还这么好听。"

"人家出道的时候就是歌手了。"

何栖梧有些心不在焉，提前回了房间。

她一直在等着顾希武的祝福短信。

可是收到那么多条祝福短信，发件人都不是顾希武。

她独自在房间里生着闷气，告诉自己，顾希武不先来找她，她肯定不会先去找他的，她是女孩子，一定要矜持。

唉，有时候真羡慕顾莱的没脸没皮，她也想每天都能和顾希武发短信聊天。

何栖梧迷迷糊糊地睡着，快到十二点的时候，被窗外的爆竹烟花声吵醒，她摸到手机，看了看手机。

依旧没有顾希武的短信。

"难道我要主动给他拜年吗？"何栖梧一阵纠结。

十二点整的时候，何栖梧的手机响了。

顾希武来电。

何栖梧激动得在床上跳了起来，一下子就精神了。

他终于联系她了，同时她也在心里松了口气。

"喂？"

"你睡着了吗？我吵醒你了吗？"

"没有。"

"栖梧，新年快乐！"

"你打来电话就是为了跟我说这句话吗？"

"是啊。"

何栖梧忍住笑："特地等到十二点吗？你傻不傻？"

"我要做新年里第一个和你说话的人。"

"谢谢啦，顾希武，你也新年快乐，猪年大吉。"

"你困吗？"

"不困。"

顾希武兴奋地说："我今天白天终于把《唐璜的回忆》弹出来了，

没有出错，我练了好久。我把录音发你邮箱了，你可以听听。"

"恭喜你啊。"一年前顾希武说过，他在练《唐璜的回忆》，这曲子技巧太多，很是变态。

"我现在手都还在抽筋。"

"不过，顾希武，你不是说你现在只有压力特别大的时候才会去碰钢琴的吗？你出什么事了？"

顾希武显然没想到何栖梧会如此细心："没什么，就是和父母有了些分歧。他们也都知道我弹钢琴是为了缓解压力，这几天我每天都弹，可能是觉得我压力太大就不给我添堵了。"

文理分班的事情，顾希武没和家人商量就选择了文科，若不是之前顾希武的班主任打电话给他爸妈，他爸妈就一直被蒙在鼓里了。所以接下来的几天，顾希武在家被耳提面命，他爸妈逼他选理，顾希武死活都不同意，这才故意每天在家弹钢琴。直到他终于弹出了《唐璜的记忆》，他爸妈都觉得他快要疯了，所以就妥协了，随便顾希武了。

"栖梧，开学后我要给你一个惊喜。"

"什么惊喜啊？"

"到时候你就知道了。"

外面的天空，依旧绽放着绚烂的烟花，转瞬即逝。

何栖梧下床走到窗边，仰望着天空："顾希武，你能看到外面的烟花吗？"

"能。"

"我在看。"

顾希武也走到了窗边。

后来两人都没说话，专心看起了烟花，而这场烟花秀就好像没有了尽头。

何栖梧突然开口："我就是我，是颜色不一样的烟火。天空海阔，要做最坚强的泡沫。"

顾希武问："是张国荣的《我》里的歌词？"

"嗯，我很喜欢这两句话，将烟火比作最坚强的泡沫，作词人林夕实在特别。"

"你喜欢张国荣吗？"

"很多人都说他风华绝代，叫他哥哥，每年4月1日都悼念他、缅怀他，可我却对他没什么感觉，大概是因为他离我太遥远了吧。"

顾希武无比赞同："他应该是属于我们父母那辈的偶像吧。"

提及偶像，何栖梧又想起了自己的偶像，哀叹一声，戚戚然道："不知我的偶像现在怎么样了？只听说在香港休养，每天要戴着面具修复脸部，都不知他以后还会不会出来拍戏了。"

"等着吧，总会有个说法的。"

"嗯。"

而后，两人谁也没提晚安，这一个电话竟然说到了早晨。

晨光熹微，天空泛白。

顾希武给她说的故事也进入了尾声，是一部日本小说《恋空》。

"后来呢？"栖梧问。

"栖梧，你在跟谁说话啊？"何妈在外面喊。

何栖梧心一惊，已顾不上听顾希武后来说的故事，挂了电话，蹑手蹑脚地爬上床装睡了。

何妈开门进来，看到一切平常，纳闷地说："难道是在说梦话？"便疑惑地合上了门。

何栖梧睁开她红得跟兔子似的眼睛，甜蜜地将自己埋进被子里，滚了几圈。

新年第一天，她就和顾希武煲电话粥煲了一个通宵，这太刺激了。

最后，顾希武发来短信。

"后来弘树对美嘉说他死后要变成天空，美嘉说会一直恋着天空，和天空恋爱。"

"好凄美。"

"是啊，好凄美。"顾希武亦是感慨万千，又道，"睡吧，栖梧。十七岁的你，要加油，要幸福。"

"你也加油，十七岁的顾希武。"

何栖梧睡了两个小时，就被她妈拉起来了，说是新年第一天要有个好兆头，绝不许赖床。当然，鼓励栖梧起床的信念还有一个，那就是爸妈的压岁钱。

十七岁的何栖梧，还能收到压岁钱。真好。

她将 QQ 签名换成了：十七岁万岁！

然而栖梧这个时候并不知道，十七岁的青春，十七的何栖梧，过得并不好。也许十七岁是以幸福甜蜜开始的，却没能坚持到结束。

很久很久之后，何栖梧打电话给顾希武，问他："十七岁为什么会那么疼？"

顾希武听得云里雾里，何栖梧咬碎了牙，也没有告诉他怀揣在自己内心的那个秘密。

第六章

青春年少的他们，
皆因爱而不得而痛苦

WOZHIDAO
FENGLI
YOUNIDEZUL

新学期开学后，何栖梧和顾莱被王鹏通知去三班报到。

三班有四分之一的学生留守，女生居多，毕竟是文科班。

何栖梧和顾莱到三班的时候还有些空座位，于是很默契地挑选了窗边的座位，把书包里的书一一堆放在书桌上，重新砌成铜墙铁壁。

没过多久，顾希武就进来了。

他一进来，教室里立刻就安静下来了。他站在讲台上扫了一眼，目光落在何栖梧身上，嘴角微微笑着，走到她身后的座位坐下。

顾莱最先看到顾希武，推了推何栖梧。

"什么情况啊？"

顾希武落座后，何栖梧转过头去："你怎么会出现在这里啊？"

"有什么不对的吗？"顾希武明知故问。

"顾莱，你确定我们没走错班级，这是三班吗？"何栖梧有些心慌了。

顾莱当即跑到教室外面看了看门牌，三班没错啊。

"顾希武，你有什么想不开的啊？要选文科。"顾莱咆哮着重新跑回座位上。

何栖梧终于想起："这就是你所说的惊喜啊。"

"对啊。"

其实若不是顾莱告诉他，她和何栖梧要去尖子班了，顾希武也不一定就选文。可是这样一来，如果选文的话他就能和何栖梧同班了，所以他就一定要选文了。

何栖梧有了想哭的冲动，她从未想过，顾希武会那么任性地选择了文科。

而此时此刻，那个无忧的少年，绽放着明亮的笑容，就坐在她的身后，让她觉得那么安心。

她好像并没有那么恐惧未来了。

因为她知道，有顾希武在，任何难题都能解决，也觉得北京离他们并不遥远了。

班上坐满人后，班主任就进来了，在黑板上写了自己的姓名，潘达。

Panda？熊猫。

教室里立刻爆出哄堂大笑。

潘达提了提自己的黑框眼镜，眼神锐利地扫了扫，底下人立刻闭嘴了。

其实何栖梧和顾莱都听说过这位老师，只不过他"潘仁美"的外号在这所学校才可谓如雷贯耳。潘仁美是学校"四大神捕"之一，政治组的组长，年轻有为，传言在他眼皮子底下作弊不被发现的人还没出生呢。

潘仁美做的第一件残忍的事情就是，将这个新组成的班级的学生上次期末考试成绩排了名次打印出来贴在了教室后面的墙上。

顾莱对他恨得咬牙切齿。

原因无他，她是三班的倒数之一。相比较而言，何栖梧受的伤害就少了很多，她上次期末考试进步很大，在全年级的排名都提前了，所以她在三班的排名还算靠前。

而潘仁美依照成绩很快就决定好了班级大大小小的班干部，简单干脆。

就这样，何栖梧居然还落了个小组长的活儿。

顾莱则侧过身子对顾希武溜须拍马道："班长大人，以后求罩。"

顾希武："……"

潘达一离开教室，前桌的两个女生就转头问栖梧："你们以前也是一班的吗？"

"不是。"何栖梧答。

何栖梧前排的女生诧异了："啊？看你们和顾希武很熟的样子，以为你们也是一班的呢。"

"嗬，你见过一班的人考倒数的吗？"顾莱翻了个白眼，没好气地反问。

那两个女生见顾莱这么不好相处，讪讪然转过头去。

虽说已经文理分班了，可是还是和以前学习的科目一样，不曾减少。

顾莱觉得好没劲儿，她还以为文理分班了，就不用学该死的理科了。

为此，顾希武又用了十分钟的时间给她解释了一下J省的新高考制度。

3月下旬的时候，高二年级的学生开始了为期两天的小高考，想要读大学就必须达到四个B，而如果拿到一个A，在大高考的时候就能加一分，四个A就是四分。俗话说，上有政策，下有对策。这个时候就是检验各个学校教学方法管不管用的时候了，因此，所有的学校都在焦急地等待着4月11日成绩出来的结果。

当然不身在其中，就不能感同身受。

这个时候的高一学生们还是没有多少紧张感的，只知春暖花开，学校要组织他们去N市春游两天。而这次的春游其实是当初学校招生办承诺给学生的，据说有的学校是给前两百名每人送一辆自行车加一次集体旅游，可想而知去年各学校之间的竞争有多大。

春游占用的是周末的时间，而这个周末碰巧就是寄宿生可以回家的周末。

寄宿生们在兴奋之余都在抱怨学校实在太阴险了，好端端的，下次回家都要等到一个月后了。

春光大好，百花争艳。

校门口的迎春花开得正盛，金黄的花瓣铺了一地。

在这样明媚的天气里，大家坐上大巴车前往N市，开始为期两天的春游。每个班配有一名导游，而N市作为文化名城，中国四大古都之一，长江穿越而过，山水融为一体，景色自是美不胜收。但学校里的春游，不光是为了吃喝玩乐，更重要的是要有教育意义。

因为怕一下子去这么多人，造成拥堵，于是学校便将整个年级分成六批，分批次在不同的时间段去不同的旅游景点。顾希武发短信问仲锡遇，得知他们班跟三班不是一批的，便只能跟着何栖梧和顾莱她们后面玩了。

其实何栖梧重新和顾希武同班后发现，进入高中后的顾希武性格是有些孤僻的，他似乎不愿意去结交新的朋友，交际圈子还停留在初中的时候。平日里，也有很多人爱来问他问题，他都礼貌对待，明明是个很好的交朋友机会，但是顾希武却与他们保持着适当的距离，让想要靠近他的人都有些胆怯了。

她曾忍不住问过他，这是为什么？

顾希武却说他的朋友已经够了。

何栖梧隐隐地为他担忧。

顾莱却觉得这很好，朋友深交不需多，她自己交了一大堆的朋友，每天联络起来都觉得烦。而班上的同学自从知道顾莱背景后，顾莱都分不清那些人是真的要跟她做朋友，还是为了巴结她，以后多一条谋生路。她听过好多人对她说："以后找不到工作了，顾莱，你看在同学一场，一定要帮我谋个职位啊！"每每这个时候，顾莱默默吐槽：当她人才市场哪。

何栖梧他们班在 N 市的第一站就是雨花台纪念馆，悼念烈士；第二站更是有着肃杀之气的大屠杀纪念馆。栖梧看着那些露出来的骸骨以及受害者的裸照，浑身鸡皮疙瘩都起来了，对顾莱说："幸好我们是生在了和平年代，那时候的人可真可怜。"

顾莱强忍着内心的一阵呕心感，朝何栖梧郑重地点了点头。

从大屠杀纪念馆出来后就去了夫子庙吃饭，秦淮河就在眼前，两岸树影倒映在碧绿色的河面上，白墙黛瓦，留有旧时的痕迹，大红灯笼高高挂起，增添喜庆。历史上的秦淮河是 N 市最繁华的地区，烟花柳巷之地出了八艳，文人骚客爱来此地吟诗作对，佳句层出不穷，流传千古。

路过文德桥，就走到了乌衣巷，青砖窄巷，典型的江南小巷，僻静清幽，早已不复当年繁华风采。

顾希武买了点状元豆给栖梧她们吃，顾莱有些激动地抓了一大把："要是吃了这豆就能中状元，那该有多好。"

"想得美。"顾希武不客气地奚落她。

顾莱瞪了瞪他，看到不远处有拍古装快照的地方，起了兴致："我们去拍照片吧。"

本来顾希武有些排斥，但是何栖梧似乎也很有兴趣，说服了他一起来拍照，顾希武才不情不愿地同意了。

三个人都换上了明朝的服饰，何栖梧和顾莱手挽手贴头笑着，顾希武站在何栖梧旁边，孤独却不显多余，一二三，咔嚓，时间定格。

何栖梧将照片小心妥帖地塞进日记本里，怕放在外面会弄出痕迹。

"你怎么出门还带着日记本啊？"顾莱好奇地问。

"不是要写游记吗？就顺便带了。"

"有吗？"顾莱在脑海中努力搜索老师到底有没有布置过这个

作业。

顾希武说："我很确定，当时的你只顾跟你的前座忙着激动，没听见 Panda 的话。"

"这样啊，讨厌，出来玩就玩呗，写什么游记啊？真扫兴。"顾莱发起了牢骚。

从夫子庙离开后，大巴车前往中山陵。

在中山陵脚下，栖梧和顾莱打算先吃点东西再爬中山陵。

班上有几个女生聚在一起讨论了一番，最终由最勇敢的女生跑来跟顾希武说："顾希武，我们想跟你一起拍张照片，可以吗？"

顾希武有些为难，却也没好意思拒绝，勉强答应。

负责沟通的女生兴高采烈地跑回去转达了顾希武的意思，大家都开心极了。

然后何栖梧就充当起了给他们拍照这项任务。

因为，顾莱虽然拍照好看，但是她是打死都不肯为别人服务的，买了根玉米躲在一旁啃起了玉米。

而这期间，顾希武就像是栋建筑物，身边不停地换着拍照对象，他僵硬地笑着。

何栖梧很有耐心，最终赢得了这些新同学的一致好评。

第二天，他们又去了科技馆、红山森林动物园、N 大校园，最后离开的时候途经了长江大桥。Panda 让同学们在桥上走了走，看着桥下滚滚江水，一望无际，心境也跟着开阔起来了。

顾希武看着远方说："听说这座桥是 N 市自杀圣地。"

"为什么都来这里自杀？"何栖梧问。

顾希武解释："桥面跟江面有一百米，自杀率高吧。"

顾莱唏嘘不已："有什么想不开的？居然都来这里死。这桥也是挺倒霉的。"

"这座桥也老了，不知道还能使用多久。"顾希武说。

离开时，晚霞已经映红了整片天空，夜幕降临，整座桥更显壮观美丽。

这两日所有的疲惫与热闹都被抛掷脑后，大巴车上睡倒一片人。

Panda看着一帮熊孩子安安静静的样子，无声地笑了，年轻真好。

4月11日，全体高二学生都拿到了自己的小高考成绩，有人欢喜有人忧愁。校长对这结果还是很欣慰的，绝大多数学生都拿到了4个B，还有不少学生考了4个A，这说明学校针对新制度改革所做的调整方案是有效果的。

五一假期，栖梧他们不用补课，但作业也是多得要命。

顾莱约顾希武和何栖梧以及班上其他两个女生去她家做作业，美其名曰：一起学习，共同进步。实际上，是人多力量大，抄起来更方便。

一上午的时间，大家都窝在客厅里奋笔疾书。

何栖梧负责英语，顾希武负责数学，顾莱的室友李恩负责语文，室友徐冬负责历史，顾莱则写政治作业。

这学期，不提及别的课程，顾莱把政治学得比语数外还要认真，就为了能给Panda留下个好印象。Panda是教政治的，每节课都爱默写，气场强大到叫人不敢准备小抄，因为学生们自觉没有那个信心瞒得住 Panda 的火眼金睛。顾莱可以不背语文不背英语，却绝对不会不背政治，加之 Panda 教的答题技巧，每道题都写上是什么、为什么、怎么样，分数就差不多拿全了。靠这个方法，顾莱政治差点得了一个满分，Panda 还特地在课上表扬她进步很大。

到了下午的时候，何栖梧实在做题做得都要吐了，决定出去透透气。

院子里芍药花开得正盛，引来蜜蜂和蝴蝶流连忘返，偶有凉风拂面，耳边是附近树林里树叶的沙沙声。

走出院子，何栖梧就看到了一大片的草坪，草坪的尽头是一片很大很大的湖泊，像一面幽蓝色的镜子。

何栖梧站在木栈桥上，看着湖面上波光粼粼，像被洒上了一层细碎的银子。

湖里水草绿油油的，成双成对的鸳鸯在嬉戏，湖的那头是连绵不绝的小山脉。

如此风景秀丽的地方，真适合养老。

何栖梧懒懒地伸了个懒腰，活动活动筋骨，坐在木栈桥上，晒着太阳，只觉惬意舒适，昏昏欲睡。

等她睁开眼睛，想要站起身，却觉得眼前突然一黑，她的身体有些不稳，差点摔倒。

有人赶来扶住了她，如此熟悉的掌心，何栖梧知道是顾希武，她等着那阵晕眩过去，才睁开眼睛。

"谢谢。"

"你还好吧？"顾希武担忧地问。

何栖梧摆手，一脸轻松地说："没事，老毛病了。"这种情况已经出现很多次了，何栖梧都习惯了，只当血糖低。

顾希武蹙眉："以前怎么没见你有这样的老毛病？"

"或许是最近学习累着了吧。"

"注意身体，别太拼了。"

"压力好大，不拼不行啊。"何栖梧笑笑，天资不够，唯有花更多时间勤能补拙了。班上都有女生因为用脑过度而流鼻血了，自己的这点程度又算什么呢？

你站在桥上看风景，却不知桥下亦有人将你当风景。

顾莱远远看着这和谐的一幕，她本来是要喊他们回屋里喝点西瓜汁的，却突然觉得脚步是这样沉重，她的身体就像被定住了一样，移动不了，眼前的事物也越来越模糊。

顾希武所有的温柔都是给何栖梧的，可是何栖梧从来都不敢想这是因为顾希武喜欢她。

为什么呢？

因为顾希武在他们那么要好的时候，和陆怡谈了恋爱。那是何栖梧最受打击的一件事，虽然她故作坚强，表现得若无其事的样子，可是她每天回宿舍躺在床上睡觉的时间越来越长，大概以为睡着了就不难过了。顾莱什么都知道，可是她不想戳破一切。而她也只想自私这么一次。

顾莱不信男女之间有真正的友谊，可是何栖梧相信，在陆怡事件后，她一直都以为顾希武对她是友情，而不是爱情，所以她不敢轻举妄动。

何栖梧很羡慕陆怡，羡慕陆怡是顾希武的初恋，顾莱却从没把陆怡放在眼里。因为只有她知道，顾希武为什么会突然接受陆怡的表白和陆怡在一起。如果那个时候，给顾希武递情书的不是陆怡，而是其他任何一个人，顾希武也会接受。

在那之前的一个星期，顾莱告诉仲锡遇，何栖梧喜欢他，故意当着顾希武的面儿说的。然后她看到了顾希武痛苦的表情，藏都没来得及藏。

他们互相喜欢，本该可以不那么复杂。只要顾莱坦白这一切，可是她不想独自难过可悲，于是她这个局外人拉了仲锡遇这个局外人走进了这一个怪圈子里。

仲锡遇和顾希武是兄弟，她和何栖梧是闺蜜，只要这种关系还存在一天，顾希武就不可能不顾及兄弟的感受追求何栖梧，何栖梧更不会背叛她和顾希武在一起。因为何栖梧在心疼自己的同时，也心疼着顾莱。

青春年少的他们，皆因爱而不得而痛苦。

而因为痛苦，所有的时光都变得深刻难忘。

夕阳西下，天光暗淡，暮色四合，华灯初上。

顾莱将院子里的彩灯都打开，长长的木桌上放着的透明玻璃花瓶里插着新鲜的芍药花，粉白相间，芳香四溢。顾希武用打火机点燃一盏盏烛灯，蜡烛的暖光将气氛烘托得极好。何栖梧和其他两个同学正在整理烧烤的食物，肉类、蔬菜、海鲜类应有尽有，食材新鲜，颜色鲜艳，是顾家的保姆忙了一下午的成果。

烧烤架上的木炭已经烧得通红了，顾莱随手抓了一大把羊肉串放在烤架上烤，空气里立刻响起吱吱吱的声音，火苗沾了油噌噌蹿上来，吓得她一声尖叫，差点扔了手中的羊肉串。

顾希武在一旁看不下去了："还是我来吧。"

"你会烤吗？"顾莱有些不放心。

"没吃过猪肉，也见过猪跑啊。"顾希武说得理所当然。

何栖梧走过来，站在烤架面前，看顾希武有模有样地翻着羊肉串，撒着孜然等调味料，倒像是那么回事了。

"看样子顾希武的确比你靠谱点啊，顾莱。"何栖梧评价。

顾莱不买账："等会儿不好吃，你就不这么说了。"

顾希武抿嘴轻笑，对何栖梧说："帮我递个盘子。"

顾莱抢了过来："我先尝尝。"随后咬了一串，又将手中其他的羊肉串递给何栖梧让她放在盘子上，分给徐冬她们吃。

何栖梧也咬了一串："味道还不错啊。"跟在烧烤店里吃的味道还真没啥区别。

顾莱满意地笑了："行啊，顾希武，今晚靠你服务啦。"顾家长辈都瞧不上烧烤，觉得有毒，不肯参与进来，任由这些孩子在院子里瞎折腾了。

顾希武又烤了一些羊肉串、鸡中翅、花菜、金针菇以及蒜蓉茄子，不知是故意还是巧合，竟全都是何栖梧爱吃的。顾莱心里有些吃味儿，冲顾希武嚷着："我要吃青椒，顾希武帮我烤点青椒吧。"

"都烤这么多东西了，先吃掉再说，冷了就不好吃了。"

顾莱在心里骂了一句：偏心！

顾希武对栖梧说："栖梧，帮我接杯西瓜汁，我渴了。"

"好。"

徐冬和李恩走过来，崇拜道："顾希武，你怎么做什么事都可以做得很好？真令人羡慕。"

顾希武汗颜，被夸得有些不好意思，直言："你们来烤也是这个味道，真的。"孜然味的。顾希武在心里补充。

听他这样说，众人都有些跃跃欲试。

顾希武愉快地让出了场地，接过何栖梧手中的杯子，走到桌子前坐下，边喝西瓜汁边闻了闻自己身上的味道，有些嫌弃地扭过头去。

"这叫人间烟火气。"何栖梧笑说。

顾希武瞥了她一眼："真不懂你们怎么这么爱吃烧烤？"

何栖梧吃着金针菇，说道："这叫小孩子口味。"

顾希武被这一说法逗乐了，抽了一张纸巾给何栖梧擦了擦蹭到孜然的脸。

何栖梧的心扑通扑通，跳得极快。

夜色缱绻，月光皎皎。

这时光美好得叫人移不开眼。

何栖梧微微出神之际，顾希武拿出手机迅速拍了几张她的照片。

何栖梧伸手去抢："拍我做什么？"她坚持不给任何人留下不好看的照片，这要放在以后都是黑历史啊。

顾希武身长手长，何栖梧踮着脚尖都没够着，只得故作生气地板着脸："给我。"声音也清冷了几分。

"你放心，很漂亮。"顾希武把手机拿给她看。

何栖梧来来回回地翻着，果真是好看的，纵使顾希武的手机像素再高，朦胧的夜色还是将栖梧的轮廓模糊了些，却也唇红齿白，五官显得更加精致了些。

"怎么样？我的拍照水平还是不错的吧。"顾希武得意地问。

何栖梧低眉浅笑："那……留着吧。"顺便用蓝牙传到了自己的手机上。

顾希武又把长桌上的杯盘拍了一张照片，发到了 QQ 空间里。

"顾大厨，快来帮忙，鸡翅都烤黑了。"徐冬喊道。

顾希武无奈地撇撇嘴，起身过去救场。

何栖梧手托着腮，趴在桌子上，继续吃着桌上的美食。

顾莱突然急急跑来，将自己的手机放在桌上，调到想要给何栖梧看的页面。

只见顾希武方才发的状态下，有人评论："看起来好好吃啊。"

何栖梧一脸懵懂，不懂为何顾莱要如此咋咋呼呼的。

顾莱一语惊醒梦中人。

"这人是陆怡。"

陆怡，许久不曾听过的名字，何栖梧刻意忘记的名字，却依旧是无法回避的名字。

陆怡即便去了上海，却始终都没有离开 Y 市的这个圈子，顾希武与她一直都有联系。

何栖梧在心里想着。

"你怎么知道这人就是陆怡？"何栖梧抱着最后一丝希望问。

万一不是陆怡呢？

"我们是 QQ 好友啊。"

"你加她好友做什么？你自虐狂啊。"何栖梧没好气地说，所有的好心情荡然无存。

"你懂什么？知己知彼百战不殆。我加她好友，这样就可以了解她的动态。"

何栖梧骂道："神经。"

不远处，徐冬和李恩在顾希武的指导下，勉强掌握了点烧烤的火候。

何栖梧和顾莱同时看着他们相处得融洽。

"你知道我最讨厌顾希武的是什么吗？"顾莱问。

"什么？"栖梧问得心不在焉，关注点一直都在顾莱的那一声"讨厌"上，自己好像跟顾莱找到了共鸣，那就是，即便再怎么喜欢顾希武，但有时还是会恨他恨得牙痒痒的。

顾莱吐槽道："他的人缘太好了，怎么就这么人见人爱花见花开呢？"

何栖梧简直万分赞同。

但顾希武各方面条件都好，又怎么可能没人爱呢？

这一晚后来的时间，何栖梧就一直没待见过顾希武，顾希武冲她笑，她故意装作没看见；顾希武给她烤土豆片，她也故意不去碰；顾希武跟她说话，她也是不理不睬，偶尔嗯嗯两声，权当敷衍。然而何栖梧的异常，顾希武却没有发现。

更晚的时候，顾家的司机将顾希武送回了家，女孩们都留宿顾家，在顾莱的房间里开睡衣 party，大家一起折腾到两三点才睡，隔天继续苦命地写作业。顾莱原先计划着抄作业的，但是无奈老师都太精明了，她在抄写的同时还得想着求同存异免得因为错同一题目而被发现她抄作业的行为，这样一来，她只觉抄作业竟一点也不轻松，还不如自己写了。虽然用的时间更多了，但是当全部完成的时候，却也觉得很有成就感。

何栖梧第三天才回到家，这样一来假期写作业写了三天，也只剩下四天了，真叫人郁闷。何栖梧不修边幅地顶着一头乱发心如死灰地躺在沙发上哀悼自己逝去的假日，如一摊烂泥。

第四天，李禾蔓来家里找何栖梧玩，她最近和仲锡遇的关系融洽许多，特地买了西瓜来慰劳她的大恩人。何栖梧之前将仲锡遇给她写的同学录拿下来送给李禾蔓，上面有仲锡遇特别详细的资料，比如仲锡遇的星座、血型、生日以及爱看的电影、爱看的书等等，他都有写齐全，这对李禾蔓很有用。

顾莱去年生日之后，李禾蔓与仲锡遇交换了手机号码以及 QQ 号码，仲锡遇喜欢篮球赛，李禾蔓就下载了比赛来看，跟他一起讨论，两人有了能够聊天的话题，关系自然就熟稔了。

李禾蔓眉飞色舞地讲着，何栖梧也不甘落后，拿出了手机，翻到那晚顾希武给她拍的几张照片，故意拿到李禾蔓眼前秀，嘚瑟幸福的样子，叫李禾蔓都想揍她。而她也只能在李禾蔓面前才能这样毫不避讳自己对顾希武的喜爱。

李禾蔓不无羡慕道："你知道吗？你和顾希武在我们看来就是公认的一对。"

"你们？"

"是啊。我们。你也知道，八卦是女人的天性啊，顾希武是学校公认的校草啊，每次下课你们班门前是不是有特别多的人？"

何栖梧回忆了一下，重重地点头："还真是。"

"大家都是为了去看一眼顾希武的，倒不是因为真的想要跟顾希武怎么样，就是看到他就能开心一天。"这是李禾蔓的同桌亲口说的。

那位同桌知道李禾蔓和何栖梧是发小，但是吐槽何栖梧的事却是一点都没落下。

比如下课的时候，和顾希武说笑；做早操之后，跟顾希武一起走回教室；中午，一起吃饭一起回班级午休；噢，对了，下晚自习后，还一起骑车回家……

"为什么你们的眼中只能看到何栖梧呢？"李禾蔓忍不住指出，明明平时跟他们在一起的还有顾莱，以及每晚骑车回家的还有她。

"因为何栖梧最漂亮啊。"另一女生插嘴。

言下之意，李禾蔓和顾莱都不值得人八卦，因为没有何栖梧好看。

李禾蔓郁闷了。后来在一次和仲锡遇聊天的过程中，她问他栖梧是不是很好看，仲锡遇说是。李禾蔓又问他是不是也喜欢好看的女生，仲锡遇倒是说他喜欢那种看起来很舒服的女生，不一定要好看。李禾蔓在心里吐槽，说了跟白说一样，他喜欢的那种看起来很舒服的女生不就是何栖梧吗？

何栖梧听李禾蔓说起这些，捧腹大笑，良心建议："你们下次聊天的话题能不能不要扯到我？"

"仲锡遇要不是看在我是你发小的份上，你以为他会愿意跟我聊天？"李禾蔓的眼神凶狠得就跟要吃人似的。

何栖梧往后躲了躲："好啦，我随便你们聊。"

"这还差不多。"

开心之后，何栖梧不免伤感起来，对李禾蔓吐露："其实我以前还是顾希武的绯闻女友呢，可是那也没什么用啊，顾希武后来还是有了正牌女友。"

"什么？顾希武的正牌女友是谁？这简直是个大八卦啊。"李禾蔓来了兴致。

何栖梧叹息几声，才说："他的正牌女友是陆怡，顾希武会来我们学校也是为了她，只不过她现在去上海了。所以，你们不知道。我一度以为他们的关系都结束了，因为顾希武很少说起陆怡，但是后来我发现他们其实一直都有联系。"

"栖梧，原来你也是个炮灰啊。不过没关系，我会帮你好好散播这个八卦的。栖梧，真心疼你，更心疼我自己。"

原来每个人都没有外人看起来的那样光鲜亮丽，都有自己的心事，都身处暗恋的泥泞中，爱而不得，跌跌撞撞。但这大概就是青春，酸酸甜甜，在多年以后，才能令人回味无穷。

外面阳光曝晒，李禾蔓却要出门买衣服，嚷着要何栖梧陪她，说："我喜欢你的穿衣品位，所以你一定得陪我去。"

何栖梧无奈，随手将一头乱发扎成马尾辫，回房间换了身衣服，不情不愿地和李禾蔓出门了。

"夏天到了，之前的衣服怎么穿都觉得不好看。"李禾蔓如是说。

平日里都是穿校服穿得多，李禾蔓突然如此注重外表了，何栖梧觉得很新鲜。何栖梧习惯性地把自己的头发扎一半起来弄成发髻，既清爽又文静。李禾蔓则一直都是简单的马尾辫，不过近来她突然改变了风格，头发一直披在肩上，大概是有意往仲锡遇所说的长相舒服那方面靠拢吧。

碰巧顾莱打来电话问她在做什么，一听说她们要去逛街，就嚷着要加入。

等到碰面的时候，何栖梧才知顾莱存了私心。

她想要去打耳洞，但怕疼，有些不敢去，于是就努力说服何栖梧和李禾蔓也一起去打耳洞。何栖梧原本是没这个想法的，但是奈何最近特别注重外表的李小姐动了凡心，她只得一起去了。

有了战友后，顾莱就更加勇敢了。

到了银饰店，顾莱豪气十足地对店员说："给我打耳洞，四个。"

"顾莱，你疯了？一下子就打四个都不带缓一缓的。"何栖梧拉住顾莱的手臂，试图劝说她不要太疯狂不要太冲动，再好好想想。

"打两个也是打，打四个也是打，都一样。"顾莱说完就随店员去挑选耳钉样式。

耳钉枪对准耳朵的时候，真叫她们捏了一把汗，却也只是一秒的时间，耳钉就被打进了耳垂，有些麻肿的感觉，但大抵符合那句"无痛穿耳"。顾莱和李禾蔓又买了几对耳钉，何栖梧则被展示柜里的戒指吸引，挑选了三枚细小的尾戒，美其名曰闺蜜戒，送给了李禾蔓和顾莱，并叮嘱她们在学校里戴的时候注意别被老师看到了。

走出银饰店的时候，三个人的耳朵上都戴着漂亮的耳钉，何栖梧和李禾蔓就中规中矩地打了两个耳洞。顾莱则一边耳朵一个耳洞，另一边耳朵三个耳洞，特地将垂肩短发撩在耳后，因着心情好，走路都有些飘飘然了。

商场里都是超短裙与高跟鞋，何栖梧真是佩服那些人，她穿着平底鞋逛街都觉得累。

三人走进栖梧平日里最常逛的店，何栖梧看了一圈衣服，随手拿了几件自己中意的，给搭配了一番，递给李禾蔓，让她拿去试衣间试一下。

顾莱在镜子前臭美，忙着自拍，自拍的重点当然在她的耳朵上，选了一张最好看的照片发给了顾希武，然后百无聊赖地坐在沙发椅上等着回复。

顾希武："难看。"

顾莱："你大爷。"

何栖梧喜欢的风格偏欧美风，简约不花哨却永远不过时，但她特别注重细节，比如她给李禾蔓挑选的藏青色 T 恤，里面需搭一件蕾丝钩花边吊带衫，价格是 T 恤的三倍。李禾蔓穿好后，何栖梧去试衣间看了看，果然 T 恤领有些低，但现在露出一丝丝蕾丝钩花，文艺中透着性感。

"怎么样？"栖梧问。

李禾蔓很喜欢这样的搭配："果真把你叫出来是对的。"

下一件是宽松的白色 T 恤，搭配一条黑色流苏项链，特别精致。

相比起何栖梧，李禾蔓突然觉得自己活得实在粗糙懒惰。

像何栖梧这样的女孩，就连送别人一件礼物，都会买来精致的纸包好，用麻绳绕几圈，塞上一朵仿真花，让收礼物的人特别珍惜。

她喜欢这些细碎美好的事情。

所以，她是那个迷住了仲锡遇的温暖女孩。

而她李禾蔓却只能做那个在背后默默看着仲锡遇的人。

最终，李禾蔓把栖梧给她挑的衣服与小饰品都给买了，好似这样，她也能够变得温暖点了。

后来，三个人吃了豚骨拉面，各回各家了。

晚上，何栖梧继续躺在床上哀悼自己的假期。

这时间可比上学时过得快多了。

何妈端了一杯西瓜汁进来，就看到何栖梧在床上翻滚。

"你干吗呢？"

"妈，时间好宝贵，我都舍不得睡觉了。"

"你这孩子最近脑子不正常啊。"

"你不懂，我只要一想到学校压力就好大。"

何妈忙放下西瓜汁，坐在何栖梧身边开导："栖梧啊，妈知道你有自己的自尊心，之前考试失利的事情就不要想了，现在你们老师都说你进步很大，你做得已经很好了，不需要给自己太大压力，凡事尽力就可以。"

"可我不想让你再失望了。"

"你有这个心就好了。别想太多了，早点睡吧。"

"妈，我今天去打耳洞了，就打了两个，顾莱更过分，她打了四个。"何栖梧觉得扯到顾莱，自己就能少挨骂。

何妈满脸宠溺地摸了摸女儿的头，知晓她这个年纪追求美是正常的，倒也没怪她，只叮嘱她现在这个天气，耳朵容易发炎，洗澡的时候要多注意，不要碰到水。

可是何栖梧再怎么小心翼翼，却还是没避免发炎红肿。

因为戴了耳钉心虚的关系，何栖梧这些天上学都是披散着头发的，怕被老师发现自己耳朵上的不一样。只是偶尔头发钩到耳钉时，她痛得皱眉，忍着不出声，因为路是自己选的，跪着都要走完。

顾希武在她身后撩起她的头发看到她的耳朵在流血："何栖梧，都这样了，你还硬撑着啊？还不赶紧把耳钉拿下来。"

顾莱急忙阻止："不行的，现在拿下来耳洞就堵了，以后还得去打，多麻烦。这么点小伤小痛，忍忍就过去了。"

顾希武没好气地说："疼的又不是你，少站着说话不腰疼了。"

顾莱气得五脏六腑都不顺畅，咬咬牙扭过头去不想再说话了。因为在顾希武眼里，她就是那个害何栖梧疼、害他心疼的罪魁祸首啊。

"我舍不得啊，吃了那么多苦才坚持到今天，不想放弃啊。"何栖梧欲哭无泪，特别羡慕顾莱，顾莱打了四个都好好的，她才打了两个就全都肿了，也许，她和耳洞真的是没有缘分吧。

顾希武没再说什么了，只在上晚自习之前去药店买了消炎药水回来。

因为何栖梧的耳钉都和肉已经粘在一起了，取了好久都没取下来。顾希武看不下去了，自己动手了，他下手狠而快，虽痛却也干脆。

顾希武用棉签蘸了点消炎药水帮何栖梧擦耳朵，何栖梧的耳朵立刻舒服了些，她用清水把耳钉上的血渍洗干净，对着镜子再重新忍着疼戴了上去，看着那闪闪发光的钻，她想吃点苦不算什么。

顾希武一连帮她涂了几天消炎药水，她的耳朵才消肿，恢复正常。

他开玩笑说："以后你看着你这耳洞，也得给我好好记着，这里面有我一半的功劳。"

"我知道啦，谢谢你，顾希武。"何栖梧感激道。

而顾莱因为顾希武之前的态度不好，已经气得好几天都不愿意跟他说话了。

顾希武不得不先开口道歉，顾莱勉强原谅他，其实心里早就不生气了。因为她清楚知道，这就是顾希武啊，永远宠溺偏爱着何栖梧一个人的顾希武。

她只得妥协，既然没办法改变他，那就只能接受这样的他。

十七岁的秘密

第七章

WOZHIDAO
FENGLI
YOUNIDEQIXI

　　学校的生活是单一而重复的，每日三点一线的生活，做不尽的
试卷、考不完的试、伤心不完的分数、排除不了的压力，偶有欢声笑语，
却更多时候都是在沉默不语低头做题。那越堆越高的书桌，压抑得
让人透不过气来。

　　高一高二的学生们都在羡慕着高三的学长学姐们，因为他们终
于熬到头了，参加完高考，他们的人生即将迎来新的篇章。传说中
的大学生活可以逃课、可以没日没夜地打游戏、可以正大光明地谈
恋爱，那才是真正的象牙塔生活。

　　当然这真的只是传说中的大学生活，等到真的步入大学了，却
发现在大学逃课会被警告处分，大学不学习期末考试会挂科，倒真
是可以没日没夜地打游戏，但是第二天还是得拖着疲惫的身子去上
课啊！至于谈恋爱，看着你那越来越大的肚腩，谁跟你谈恋爱呢？

所以想象是美好的，现实却是很骨感的。

多年以后，何栖梧所在学院的院草和他女朋友的分手理由就是：对不起，我妈不喜欢外地的女孩。其实大学时期的恋爱早已不是单纯的只是喜欢就好，两个人在一起需要考虑诸多现实问题，许多人都将大学时的恋爱当作排解寂寞的方式，一点都不当真，毕业即分手。人啊，越长大越复杂。

高考放榜那日的晚自习，校园上方绽放着数不尽的烟火，所有的师生都站在教室外观看。

何栖梧似乎在这一场烟火秀里，受到了一些鼓舞。

人生是自己的，想要活出什么颜色，就得付出怎样的努力，没有谁能够侥幸成功。

到 8 月初，何栖梧他们才开始放暑假，学校恨不得占用所有的暑假时间来补课。毕竟从高二上学期的 10 月份开始，何栖梧他们就要开始复习小高考的考试科目，而在那之前还得学完一本新书内容，时间紧迫。

从放假第一天起，全城就被暴雨袭击了，电闪雷鸣，颇为吓人。小区人造水塘里的水都快漫出来了，蛙声一片，何栖梧一连几天都没睡好。

何栖梧足不出户，每天都窝在房间里看英文电影，因为气压低，胸口觉得闷，才打一把伞出门呼吸下外面新鲜的空气。

顾希武照旧给她快递来了生日礼物，这一次是一条王冠形状的锁骨链，做工精细，栖梧站在镜子前给自己戴上，她十分喜欢。顾莱以前常常说何栖梧的锁骨线条是她所见过的最美的，不仅如此，何栖梧还有迷人的蝴蝶骨。她将顾莱赞美的话听进了心里，此时正在镜子前臭美，给自己的锁骨链拍了张照片发给顾希武，并谢谢他的好意。

顾希武回了个笑脸，并说："好看。"

而她因着他的一句"好看"一整天都心情很好，晚上居然还主动帮她妈做起饭来。

何妈有些不放心："你会炒菜吗？"毕竟她从来没做过。

何栖梧颇有自信地说："我觉得我应该会，只要不是白痴都应该会吧。"

何妈将信将疑："你吃错药啦？平日里叫你做点事，你都推三阻四的，今天怎么就这么勤快了？"

"你只要不叫我洗碗、洗衣服就好，这两样我真的很讨厌。"

"说到底这些你日后嫁人了，还是要做的啊。"

何栖梧撒娇道："我不嫁人，我就留家里祸害你跟我爸。"

何妈一脸嫌弃："我们才不留你，你以后生的孩子也别想让我们帮你带，以后我跟你爸退休后要享受我们自己的生活的。"

何栖梧聊不下去了，这话题也扯得太远了点，却也忍不住想她以后的老公如果是顾希武那该有多好，那么她什么事都愿意为他做。

最后在何妈一番指点下，她也成为一个会做菜的人了。

傍晚，何爸下班回来，何栖梧忙前忙后地伺候他，将他拉到餐桌前坐下，献宝似的将一盘盘菜端上桌。

"盐水虾、水煮毛豆、蒜蓉四季豆、菠菜蘑菇汤，色香味俱全。老爸，你女儿棒不棒？"

"真的都是你做的啊？"何爸有些不敢相信，因为这些菜还真是做得有模有样的。

"是啊。我是有做菜天赋的人。"何栖梧自夸道。

一家三口开心地用了晚餐后，何爸一边用纸巾擦嘴一边问："下次我什么时候才能吃到你做的饭菜啊？"

何栖梧想了想："估计得等到我高考后了。"

"等你高考后，老爸给你做一桌菜。"

何妈打趣道："你会做菜吗？"

何栖梧自从有记忆以来，就没见过她爸下过厨，附和道："是啊，老爸，你会吗？"

何爸不假思索道："会啊，我小时候就会做菜了。"

藏得够深啊。

对于何爸这种自投罗网的行为，何妈乐见其成，扬言："这可是你说的啊，既然你会做菜，那以后我们家做菜的事你得自觉揽过去。"

何爸藏了多年的秘密就这样在不经意间暴露了，心里那个悔恨啊，随手给自己点了一支烟。

何栖梧帮着她妈收拾桌子，却觉得自己的呼吸越来越不顺畅。

她被这股烟味呛得喘不过气来。

"爸，你别抽了。"何栖梧不得不大口大口地喘气。

"栖梧，你怎么了？"

何栖梧跑到窗边开了窗户，贪婪地呼吸着外面的空气，却觉得自己越来越不正常，眼泪直流，两只手都在发麻。何爸跟何妈瞧着情况不对劲，立刻送她去医院。

何爸开车的手都在颤抖，何妈更是被吓得六神无主，却不得不故作镇定安慰何栖梧别害怕别担心。

何栖梧觉得自己快要窒息了。

到了急诊室，医生很快过来询问情况，随即安排护士给她吸氧，让栖梧不要太紧张，放松下来，慢慢地呼吸。栖梧照做，二十分钟后，她的呼吸终于在吸氧的帮助下恢复平缓状态，而她的后背已经湿了一片。没过多久，护士来给她抽血，又做了心电图检查。

医生看了检查报告后给栖梧开了住院手续。

"医生，我女儿到底怎么了？"何妈着急地问。

"这个我现在没办法回答你，她还需要做些检查，等到报告都出来，我们再看看是什么原因引起的。"

医生含混不清的话，令何爸何妈的心凉了半截。

后来，栖梧躺在病床上不止一次地将右手握成拳头状，医生告诉她那就是她心脏的大小，她的手比起别人似乎要小了许多，所以她的心脏也比常人小了些。

主治医生按例查房，确诊了她的病情，她的眼泪一下子就涌出来了。

未确诊前，她和母亲都心存希望与侥幸，每日地祈祷，却最终还是没有逃过命运的捉弄。

何妈仍旧是不愿意相信，追了出去。

何栖梧隐约听到妈妈说："医生，会不会弄错了？她才十七岁啊，我的女儿才十七岁，怎么会？"

何栖梧不断地擦掉脸上的眼泪。

是啊，她才十七岁，有生之年，所有的烦恼都跟学习和暗恋有关，从未想过，那么年轻的身体里，心脏会出现早衰。

然而在这一层楼里更小的病人都有，医生早就见怪不怪了，十七岁又算什么呢？

再次回到病房的何妈，一脸坚强地安慰女儿："我又去咨询了下，医生说你的情况不算太严重，还是可以用药物控制的。没关系，栖梧，不用太担心。"

"真的吗？"何妈眼中一闪而过的悲伤，何栖梧看得清清楚楚，但怕惹出她妈的眼泪，只得小心翼翼地说，"我知道了。"

这些天，何妈怕何栖梧伤身没收了何栖梧的手机，可是在那之前何栖梧还是在网上查到了一些与她相似的病例，没法治愈，最终都会进入心脏衰竭晚期，除非做心脏移植手术，不然就是一场奔赴死亡的旅程。

顾希武在 QQ 上约她一起去看电影，她装没看见。

顾莱打来电话，何栖梧没接，又发来短信问她哪一天有空和赵南、井榆聚会。她看了看满手被针扎出来的针眼，婉言拒绝了。

何栖梧自知她的情绪不好，便害怕与他们联系，怕聊天的时候控制不了自己，让他们有所察觉，索性就都不联系了。于是她在病房里度过一段相对平静的生活，每天睁眼醒来考虑的问题就是一日三餐都吃些什么，从白天到黑夜，再简单不过。

一个月的假期很快就过去，9 月初，学校又迎来了一批新的面孔，看到一张张青涩的脸在校园里东张西望的样子，何栖梧想到了当初的自己，时光飞逝，转眼间，她离高考又近了一些。

再次回归校园，她的心境也发生了很大的变化，悲观消沉之际却也有些庆幸，自己至少现在还活着，这已经是不幸中的万幸了。她偶尔也会侥幸地想着，如果能够通过保守治疗控制住心衰，她就还是可以跟正常人一样拥有明亮的未来。

何妈辞了工作，她把何栖梧当作生活的全部。清早起来给栖梧做营养早餐，喊她起床，看着她吃早餐，给她倒好开水，看着她吃药，然后送她上学；中午又接她回家吃饭；晚自习前送晚饭给栖梧吃，下晚自习后接栖梧回家。这样来来回回的，也不觉麻烦。

何栖梧住院二十天，何妈悉心照顾她，耐心周到，惹得隔壁病床的病人一阵羡慕。那是个患病六年的女人，这次差点救不回来了，何栖梧住进来后第二天，她才拿下心脏监测器，可以正常地下床活动。来照顾她的人是她的妈妈，可是她的脾气似乎被病痛磨得没有了耐心，任何一件小事都能让她和她妈妈大吵一架，她的妈妈一直忍耐着，最后忍无可忍地说下次就不来服侍她了。

只听那个女人说："还不知道有没有下次呢。"

她妈妈听后落了泪，随后两人就没了脾气，各自沉默。

病房里是一片死寂。

出院后，何栖梧对她妈妈说："其实我看到我隔壁床的那个女人很害怕，我害怕变得跟她一样的坏脾气，不过我本来脾气就不好，我总是会惹你生气。"

"以后啊，不管你说什么狠话，我都不会生气了。"何妈宠溺地摸了摸她的头。

这让何栖梧无比感动。

对于何栖梧中午回家吃饭这件事，顾莱有些无奈，因为没有了何栖梧的陪伴她也不好意思再去跟顾希武和仲锡遇一起吃饭了。两男一女，看起来也不太好看，于是她只好跟徐冬和李恩一起吃饭了。

高二的学习压力比高一大了许多，毕竟大家都需要为小高考付出努力。

何妈再三叮嘱栖梧，学习上不要太累了。何栖梧自然不敢太累，倒是比起班上其他人更松懈些。

顾希武总觉得何栖梧的变化透着古怪，却又说不出哪里怪。

放假的那些天，他发了不少 QQ 信息给栖梧，何栖梧只是偶尔回过几次，这让顾希武有些失落，而后不免自嘲，他未免把自己在何栖梧心里的位置想得太重要了。

这日，下晚自习后，顾希武和李禾蔓在车棚遇到，他把自己的感觉告诉李禾蔓。李禾蔓含糊地说："栖梧她妈妈辞职了，有更多的时间照顾她了，栖梧的所有事情她妈妈都给安排得妥妥当当的，这样不是很好吗？"

"可是每日早中晚地接送，她妈也是够有耐心的。"

李禾蔓笑笑，不再多言。

李何两家关系亲近，所以栖梧生病的事情，李禾蔓是知道的，她和父母还特地去医院里探望过栖梧。当时在病房外，何妈看到李禾蔓的妈妈就忍不住流泪了。何家就栖梧一个孩子，所以她生病，全家的重心都移到了栖梧的身上，栖梧她妈辞职一方面是为了照顾栖梧,另一方面也是在害怕,害怕栖梧说不准什么时候就病情恶化了,现在的相处时间都是非常珍贵的。

为怕何栖梧活在异样的眼光里,何妈特地关照李禾蔓去了学校任谁问都不要透露何栖梧的病情。

国庆节过后,整个高二年级开始进入第一轮的复习阶段。

三班在这个时候换了生物老师和物理老师,这让顾莱很开心,因为新来的这两个老师讲课更通俗易懂些了,她上课的积极性都提高了许多。为了能顺利通过小高考,她还拜了顾希武为师,一到下课有什么不懂的问题都会去问顾希武。不仅仅是顾莱变了,整间教室都充斥着一股子浓浓的学习气氛,教室里一到下课时间没有了你追我逐,大家都埋头写着四科的试卷,没有人再敢马虎下去了。以前Panda每日晚自习都会偷偷地从教室外查看学生们有没有睡觉或是玩手机的,现在他不会再来了。

小高考复习没几天,三班新转来了几名男生,都是从理科班转过来的,因为学理科实在吃力,没有人嘲笑他们不行,因为毕竟他们当初都没有选择理科的勇气。

10月底,一中照例举办了运动会,这时候的三班,男女生比例极为不协调,大多数同学都沉浸在小高考的压力下,都不想浪费时间参加运动会。好在学校并不要求所有的比赛项目都得有人参与,顾希武作为班长起到了带头的作用,硬着头皮给自己报了两个项目,体委也给自己报了两个项目,两人经过一番游说,七七八八也算凑齐了人数。

这日上午,何栖梧只参加了运动会开幕式便悄悄回了班级,顾莱站在她身后，想要喊住她，却还是开不了口，她和顾希武上午都有比赛，何栖梧都没有想过要给他们呐喊助威，这让顾莱颇有微词。

何栖梧回到班级，发现有人比她更早回来了。

她和沈渝西两人相视一笑，就各自坐在座位上安安静静地做题目了。操场上的人声鼎沸犹然在耳，何栖梧索性戴上了耳机，打开MP3做英语听力，心情低落。顾莱的失望她并不是不知道，只是假装看不到，外面的热闹，她也希望自己可以参与其中，然而不可以，她的身体不允许自己太过劳累，这让她感到无比的沮丧。而她母亲为她所做出的牺牲令她觉得自己就是个累赘，种种不好的情绪，她只能压抑在心里，致使自己活得越来越不开心。

何栖梧做好了一套英语卷子，李禾蔓来三班找何栖梧，给她带了一杯热奶茶，坐在顾莱的座位上陪她说话。

"你其实不用特地跑来陪我的。"何栖梧握着奶茶杯焐手。

李禾蔓笑了，压低了声音说："没事，我已经看过仲锡遇的比赛了，其他的我都不感兴趣，还不如过来你这里图个安静呢。"

"仲锡遇比赛怎么样？"

"两个第一，他真的好厉害。"

何栖梧也为他感到高兴："有没有觉得比赛时的他尤为令你感到心动？"

"有啊。在赛场上的他是闪闪发光的，栖梧，我看到他，就觉得很开心。"

与挚友一起讨论自己喜欢的人，这种感觉是幸福的。

然而何栖梧却忍不住红了眼："从我生病开始，我就没有资格再和他亲近了。"

尽管她是为了怕别人听见才故意不提那三个字，但是李禾蔓清楚明白她说的是顾希武，而不是仲锡遇。

何栖梧的心揪在了一起："蔓蔓，坐在他的前面，变成了一种煎熬，我连暗恋他的资格都没有了。"

"你有，你当然有。"李禾蔓有些激动地说。

何栖梧眸光暗淡："没有了，再也没有希望了。"

她连自己的未来都感到迷茫，不确定还能走多久，就连现在她努力学习可能都是一件徒劳的事情，这样的她又怎敢奢望她与顾希武的未来，这太天方夜谭了。

所以，很多时候，顾莱在顾希武面前叽叽喳喳的时候，何栖梧都很羡慕顾莱，那种名为青春的活力四射，是她从此以后都不会再有的东西。

要怎么安慰何栖梧呢？这是这些天来李禾蔓最头痛纠结的问题了。

没有答案。她只能沉默，抑或是随便说些话，但这些话对于栖梧来说却是无关痛痒的。

这个世界上的苦痛，其实真的没有谁能够做到感同身受，因为有很多的恐惧，是别人无法想象得到的。

"栖梧，我们活在这个世界上，就像是行走在一幅画里，色彩丰富是由自己决定的。大多数人年轻的时候都在用健康换取财富，又在年迈时用财富换取健康，在这个匆匆过程中，人们不曾停下过脚步自是无暇顾及沿途的风景，到老了被各种病痛折磨也无力欣赏风景了。所以，享受这个过程很重要，我们不应该顾影自怜，而是应该珍惜每一天，这样才不枉此生啊。"

李禾蔓所说的"顾影自怜"这个词，有些戳中何栖梧的内心，没错，自生病后，她做得最多的事情便是顾影自怜。

为什么就只是她生病了呢？她不止一次地在心里问自己。

可是发生了就是发生了，这是改变不了的事实，她只能试着去接受这一切。

"如果你是我，你是选择现在出去环游世界还是选择待在这四四方方的小世界里没日没夜地做题备战高考？"对于这个问题，何栖梧一直都挺纠结的，所以她想听听李禾蔓是如何选择的。

"我不知道，但我觉得为了多看几眼自己喜欢的人，留在学校也是值得的。"

喜欢的人——顾希武，或许是她真的想得太遥远了，才会给自己徒增这么多的痛苦。

正如李禾蔓说的那样，她应该珍惜与顾希武相处的每一天，享受这个过程，不该在意结果是什么。

这样想，何栖梧心里快乐多了。

顾莱回到教室，看到李禾蔓坐在自己的座位上和何栖梧有一搭没一搭地聊天，她心里有些说不上来的不舒服。虽然以前栖梧说过李禾蔓在她心里的地位比不上顾莱重要，可是顾莱现在觉得栖梧的这个想法是会变的。

何栖梧自从每天都回家吃饭后，她们每天聊天的时间少了很多很多，这让顾莱有些失落，她觉得自己与栖梧并不是那么亲近了，尽管两人坐得很近，可是心却越来越远了。她怀疑何栖梧对她会有这样的变化是不是与何栖梧发现她做的事有关，却又无从问出口，便更加心虚起来。

顾莱没过去打扰她们就离开了教室。

走出教室正好看到了顾希武，顾莱冲他笑了笑，两人擦身而过。

顾希武走进教室，李禾蔓看了看时间回自己教室去了，走前跟顾希武打了招呼，顾希武坐在座位上问栖梧："看到顾莱没？"

"她在操场呀。"何栖梧头也没回，理所当然地说。

"你和顾莱吵架了吗？"顾希武问。

何栖梧觉得莫名其妙，转过头来问："为什么这么说？"

"我刚看到顾莱在教室外，脸色很不好。"

"是吗？"

"你惹她生气了？"

何栖梧想了想，摇头："我们没吵架。她也许是因为别的什么事吧，应该跟我没什么关系，回头我问问她。"

顾希武犹犹豫豫，最终还是将内心的话压在了心底。

近来何栖梧喜欢发呆，有时候顾莱跟她说话，何栖梧没有回应，顾莱才发现她戴了耳机，要说的话也没兴趣说出来了。这些顾希武都看得清清楚楚，他一开始还以为是何栖梧和顾莱有了什么矛盾，现在看来何栖梧根本就不知道她已经在无意之中伤到了顾莱的心，一向大大咧咧的顾莱如今居然变得比何栖梧还要敏感了。

后来顾莱即将要过生日了，何栖梧原本是要去参加她的生日会的，可是何妈不允许，何栖梧没法子，就把礼物提前给了顾莱，祝她生日快乐。

顾莱得知何栖梧不去，都有些蒙了。

这些年，顾莱的生日，何栖梧都有参与，如今她不去了，这让顾莱心里有些不能接受。

她决定要跟何栖梧谈一谈，晚自习上得好好的，便假装拉着何栖梧去厕所，实际上两人去了操场。

冬日冷冽的风吹在她们的脸上，微微生疼，何栖梧紧了紧校服外套，与顾莱慢慢走在塑胶跑道上。

顾莱小心翼翼地问："我最近是不是做了什么事惹你生气了？"

"没有啊。"

"那是不是我们的友谊变质了？"

何栖梧笑了："你多心了，我们是好朋友，这是永远不会改变的事实。"

顾莱有些受伤地说："可是你最近对我好冷淡。"

"有吗？"何栖梧一脸无辜地问。

顾莱重重点头："不信你问顾希武，你最近都不太愿意搭理我们，你总是戴着耳机，我们都不知道你心里在想什么，你一下子变得这么高深莫测，我们很不习惯。"

何栖梧想了想，或许是自己真的做得不够好，才没有顾虑到顾莱和顾希武的感受吧。

"你能不能告诉我，你最近心里都在想些什么？"

"顾莱，每个人都有些自己的小秘密，这是一件很正常的事，即便你是我最好的朋友，适当地保留只会让我们过得更好。"

顾莱有些心虚，她自己没对栖梧说的秘密越攒越多，而她却想要何栖梧对她毫无保留，这似乎很卑鄙。

"你真的不参加我的生日会了吗？"顾莱还是有些不死心。

"顾莱，我真的去不了。"

"要不我打电话给阿姨，我去求求她啊。"

"没有用的。顾莱，你要习惯没有我的生日会啊，毕竟以后我们会分开的啊。"

尽管何栖梧说的是事实，可是顾莱还是接受不了，她说："以后即便我们分开了，我也会给你寄飞机票，让你飞回我的身边给我过生日的。"

"如果我死了呢？"何栖梧大胆地问出口。

顾莱有些错愕："呸呸呸，你胡说八道什么呢？你哪有那么容易死啊？"

处在她们这样花儿般的年纪，提及死亡这个话题也的确是太过遥远了。

何栖梧不自然地笑了笑，转移话题："你邀请蔓蔓了吗？"

"请了。"顾莱停了停，得意道，"我知道你们之间的小秘密。"

"什么小秘密？"何栖梧紧张地问。

顾莱凑近何栖梧的耳朵："李禾蔓喜欢仲锡遇是不是？"

"没有吧。"何栖梧装傻。

"我可是有一双火眼金睛的，你们瞒不住我的，李禾蔓就是喜欢仲锡遇。"

“嘘！这事你知道就好，可千万别被别人知道了。”

“现在我终于相信你并不喜欢仲锡遇了。”

“嗯。”

“栖梧，那么你到底喜欢谁呢？我猜猜。”顾莱终究还是忍不下去了，直截了当地问，“你喜欢的人是不是顾希武？”

何栖梧本能地否认：“不。”

“真的不喜欢吗？”

“真的……不喜欢。”何栖梧说完便猛地咳嗽起来，她被自己的口水呛到了。

顾莱贴心地帮何栖梧拍拍后背，直到何栖梧满脸通红地恢复过来，她才说：“栖梧，你承认你喜欢顾希武，也没关系，我们可以公平竞争。总之，我是不会放弃的。”

“顾莱，你真的想多了。”何栖梧眼神躲闪着，根本就无法和顾莱直视。

顾莱依旧是“一脸我不信”的样子。

“我和顾希武啊，真的只能是朋友。”何栖梧说这话不仅是说给顾莱听，同时也是在说给自己听。

看何栖梧说得这么言辞凿凿，顾莱都困惑了，不禁怀疑，难道何栖梧真的不喜欢顾希武吗？可是，顾希武那么优秀，只要是正常女孩都会忍不住想象与他之间的无限种可能啊，更何况，栖梧是所有女孩中离顾希武最近的那个人啊。

“如果顾希武喜欢的人是你，你的想法会不会改变？”

何栖梧觉得好笑：“顾希武喜欢我吗？这个假设并不成立。”

顾莱有些难过，是因为身陷其中便看不清楚了吗？而她这个局外人为什么要看得清清楚楚？

两人继续走着，已经走完一整圈跑道了。

顾莱突然开口问："我想对顾希武表白？你觉得如何？"

何栖梧停住了脚步，看着顾莱的身影，忍了忍眼中的酸涩，才回："挺好啊。"

顾莱转过身，面向何栖梧："你真的这么觉得吗？我以前总是很害怕，害怕表白了，我和顾希武连朋友都做不了了。可是，我总是要勇敢这么一次啊，走出这一步，我的人生才完整。栖梧，你支持我吗？"

何栖梧淡淡笑了，两个都是她这辈子最重要的人，如果他们能够携手，也是一桩美事。

"嗯，我支持你，顾莱。"

顾莱激动地握住了何栖梧的手，由衷地说了一声："谢谢。"

下一秒，她便惊呼出声："你的手怎么这么凉？跟冰块似的。"

何栖梧哆嗦了一下，笑着："真的好冷，我们回去吧。"

顾莱紧紧地握着何栖梧的手，用她手心的温度帮何栖梧焐手，何栖梧低头看着两人握着的手，暗自祈祷就让她们一直好下去吧。

顾莱生日那晚，何栖梧独自坐在班里上晚自习，却是心不在焉，不知道要如何打发这难挨的时光。

她不知顾莱会不会在这一晚借着酒劲对顾希武表白，而顾希武又会如何回应，是答应还是拒绝？

种种假设她都在脑袋里过了一遍，一颗心都在纠结着，直到最后一节晚自习的下课铃声响了，她才得到了解脱，逃跑似的走出了教室。

临睡前，何栖梧悄悄给李禾蔓发了短信问她玩得如何，有没有发生什么特别的事情。

李禾蔓大概没有注意手机动态，栖梧等了很久都不见回复，直到睡着。

早间，李禾蔓才给栖梧回了短信。

禾蔓："没什么特别的事情发生啊。"

栖梧："顾莱没有对顾希武表白吗？"

禾蔓："她要对顾希武表白？这么劲爆。莫非私底下说的？"

栖梧："不知道。"

后来，何栖梧一整天都在有意无意地观察着顾莱和顾希武的举动，除了精神不济外，两人的互动也没什么特别，既不别扭也不亲昵，尺度恰到好处。

她稍稍放下心来，顾莱应该还没告白吧。

再过几天，新的一年就要到来。

何栖梧回想起刚进学校的自己，那时候的她还曾为了物理没有及格而哭鼻子，每一次月考前的生活都可以用兵荒马乱来形容；而现在的自己早已身经百战、无坚不摧，再也不畏惧考试，已经接受考试就是生命的一部分了。

她想，这就是成长吧。

元旦放假前的晚自习，顾希武拉着何栖梧和顾莱到操场上，他们三个坐在操场上的看台上，何栖梧没头没脑地问："做什么？"

顾希武仰起头，嘴角慢慢绽放着一个笑容："看星星。"

黑色帷幕中，竟有漫天的繁星。

何栖梧和顾莱差点尖叫。

"这也太美了吧！"顾莱感叹。

没过多久，身边传来细碎的脚步声。

朦胧的路灯下，仲锡遇和李禾蔓一起出现。

"你们也来看星星吗？"何栖梧走下看台，高兴地问。

李禾蔓笑回："是啊。"看到何栖梧穿得单薄，她微微皱眉，将自己身上的围巾取下来，给何栖梧围上，她的温度还在，何栖梧被这一份温暖感动得差点落泪。

李禾蔓轻声说："小心点，别冻感冒了。"

"蔓蔓，你越来越像我姐姐了。"何栖梧眼中闪着晶莹的光亮。

李禾蔓温暖地笑了："你本来就是我妹妹啊。"

顾莱看到仲锡遇手中拎着的塑料袋，忙过来问："你这袋子里装的是吃的吗？"

"不是。"

仲锡遇将塑料袋里的两盒仙女棒拿出来，顾莱欣喜："我最喜欢玩这个了。"

顾希武过来拿了一根仙女棒用打火机点燃，空气中传来刺刺的声音，仙女棒立即火光四射。片刻间，人手一根，一行人坐在看台上静静地望着手中的仙女棒燃尽，再继续点燃另一根。

其实很多年后，大家再来回忆这一幕，都觉不好意思，因为这种行为实在太幼稚了，可也只有那个年纪的他们才会做如此幼稚的事情，这样一想，又觉得美好。

　　璀璨的烟火将他们青涩的脸照亮，映在他们明亮的眸子里。

　　时间在这转瞬即逝的绚烂中悄然走过，伴随着十七岁时的各种
秘密，走失在青春长河中，一去不复返。

第八章

新的一年里，一中的高二学生们每天都在关注着最新时政信息，以防万一小高考考政治的时候会遇到相关的题目。经过半年多的复习准备，能不能行就看小高考那两天考的情况了。

顾莱虽然拜了顾希武为师父，问了半年的问题，但是到底天资差了点，所以她还是有些紧张。相较而言，何栖梧就显得很淡定了，她之前门门都可以考90分以上，特别轻松稳定，顾莱笃定何栖梧这次小高考能考4个A。

后来，何栖梧没有让顾莱失望果真考了4个A。而顾莱虽然没有得到一个A，却也考了4个B，所以她决定周末好好放松一番，请顾希武吃饭报答，特别恩准何栖梧可以跟着蹭饭。

栖梧却说不去，她周末有事，直觉告诉她，就是这个周末了。

顾莱又求了一会儿，栖梧始终不松口，她无奈，只好坦白："我打算跟顾希武表白，你先前不是支持我的吗？"

就这样，顾莱以何栖梧支持她为由，硬是拉着她参与了这场告白宴。

顾希武在此后的很多年里始终都对那一日发生的事情记忆犹新，那是他活了十八年来觉得最心灰意冷的一天。

顾莱之前发来短信说要请他吃饭答谢这几个月他在学习上对她的帮助，他回了信息问她："就我们两个人吗？"他自从花了一个晚上的时间思考了上高中后顾莱对他的变化后，就明白了这个女孩对他的心思恐怕不是普通同学的心思。在那之后，他其实一直都注意着与她交往的分寸，从不有过分亲密的举动，就连她来问他学习上的事情，他都划清界限，叫顾莱喊他师父。一句师父，其实就已经将两人的关系定格了。

顾莱又回："可以把栖梧和仲锡遇都喊上，我们好久都没一起吃饭了。"

有旁人在，顾希武这才同意去吃这顿饭。

周六的早晨，细雨蒙蒙。

一到周末就下雨的魔咒已经持续好久了，大家都习以为常了。

天气很闷，何栖梧很早就起床了，开了窗，听着外面的雨声，望着外面的绿化带因为这一场雨的洗刷变得更加绿油油的，景致虽美，可她的心情却怎么都好不起来。尽管期待着这一天迟点到来，可是时间不会为任何人停留，这一天还是要到来的，顾莱要做的事是一定要做的，她就是那样的人，在做决定前可能还纠结不已，可是一旦做了决定就全都豁出去了，誓要做成为止。

同一时间，顾希武难得地睡了个懒觉，就被顾莱的电话吵醒了。她问他起床没，顾希武嗯了几声就挂了电话。直到十点多的时候，他才陡然惊醒，做了一个噩梦，出了一身汗，吃完早饭出门时头还是昏昏沉沉的。

到达顾莱订的全聚楼，顾希武跟服务员说了顾莱的名字后，服务员带他上了三楼的包厢，他是最后一个到的。仲锡遇和顾莱抱怨着他不守时，来迟了。

顾希武略抱歉道："路上堵车。"

"那你还不早点出门。"

"昨晚没睡好，今天起不来床。"说这话的时候，顾希武还觉得自己头痛欲裂，强撑着精神和顾莱他们说话。

他跟何栖梧挥手，何栖梧却似乎看不到，目不斜视地捏着遥控器在调电视，安安静静地存在着。顾希武也不觉尴尬，放下手，坐在她旁边的位子上，正好背对着电视机。

席间，电视里放着一部老电影，何栖梧看得津津有味，一边盯着电视屏幕一边吃菜，可是眼角的余光里满满的都是顾希武。她在心里告诉自己，今日之后，她再也不会这样偷看顾希武了，这是最后一次。有好几次，她眼里雾气蒙蒙，都被她憋回去了。

顾希武忍不住说："吃饭的时候就认真吃饭。"

何栖梧没好气地回："你管我？"

态度不好，顾希武瞪了她一眼，没与她计较，心里已笃定今天的何栖梧心情一定不佳。

后来，就听顾莱一个人叽叽喳喳说个不停，她真是没办法，不说话就冷场了。仲锡遇个性一贯如此，话不多，可是今天的栖梧也话不多，四个人里有三个人各怀心思，所有的人大概也就顾希武是真的来吃饭的。

等到一桌子菜都吃得差不多的时候，顾莱去卫生间喝了口水漱口。

再出来时，何栖梧和仲锡遇都默契地放下碗筷，正襟危坐着，似在等待接下来了不得的事情发生。

"顾希武。"顾莱的声音从未如此温柔过。

顾希武抬头望向她。

今天的顾莱穿一身白裙子，头发特地去理发店吹卷了发梢披在肩上，脸上的妆容淡淡的，唇红齿白，只想在喜欢的人面前展现最好的自己。

顾希武不明所以地问："干吗？"

"顾希武，从第一次见到你的时候，我就喜欢你了。那时候你坐在栖梧的后面，我就坐在了栖梧旁边的空座位上，就是想离你近一点。那一天，我鼓足了勇气跟你说了第一句话，你可能已经记不得了。我说：'你好，我叫顾莱。'你礼貌回我说你叫顾希武。我们都姓顾，后来班上还有人喊我们是顾氏兄妹。这五年里，我所有的喜怒哀乐都与你有关，你每次对我笑，跟我说一句话，我都能开心一整天。跟你做朋友，真的让我很痛苦，我根本就不想只做你的朋友，可是我也只能暂时以朋友的名义围在你身边。顾希武，我喜欢你，喜欢你五年了，以后还会喜欢你下一个五年。"顾莱终究还是哭了出来，将自己藏在心里那么多年的话说出来，这样的勇气，顾莱觉得她以后再也不会有了。

顾希武沉着脸，虽然他之前察觉出顾莱对他的异样感觉，但并不曾想过，这份喜欢来自于遥远的五年前。

他蓦然想起五年前的自己，其实那一天的情形，他现在还记忆犹新。

只是这些回忆里并不包括顾莱。

那日下午，他到新班级，教室里还没有多少人，他几乎只看了何栖梧一眼就认出了她，于是他顺势坐在了她的后座，思考着究竟要如何跟何栖梧说第一句话。

他用手轻轻拍了拍何栖梧的后背，何栖梧吓了一跳，转过身来，一脸莫名其妙。

"我是顾希武啊。"顾希武笑着说。

何栖梧愣了愣，才反应过来，露出笑容："你好，我叫何栖梧。"大概心里想的是，谁家的小孩这么自来熟？

"你……"不记得我了吗？后面一句话，顾希武愣是没问出口。

何栖梧很快就转过身去了，未看到顾希武眼中闪过的黯然。

顾莱说五年前她主动找他说的第一句话，却不知他与何栖梧的第一句话也是他好不容易鼓足了勇气说的。

他说："我是顾希武啊。"而何栖梧说："你好，我叫何栖梧。"

而他咽进心里的那句话是，你不记得我了吗？我是顾希武啊，我是你曾经的同学。

是的，栖梧不记得她三年级时转学到她班上的那个男生了。

那一瞬间，顾希武感到前所未有的挫败感。大抵是那年的自己太过普通寻常，又只上了一学期便转走了，没有什么存在感，所以栖梧不记得他也实在正常。这没什么好失落的，顾希武这样安慰自己。

因为坐在何栖梧身后，何栖梧的一举一动都落在自己的眼中。

他们真正熟识起来是因为一盘象棋。

那时候，晚自习前的休息时间，大家都爱下象棋来打发时间，某天傍晚，何栖梧主动转过头问他会不会下象棋，她今天新买了一盒象棋。

顾希武按捺住欣喜，面色无常地回："会啊。"

"那跟我下一局吧。"

"好。"顾希武的眉眼都染上了笑意。

摆棋局的时候，何栖梧问："有没有人说过你笑起来很好看？"

"你是第一个这么说的。"

"是吗？真的很好看，你以后应该多笑笑。"

顾希武笑着说："好。"声音很低，但是足够何栖梧听到。

两人皆摆好棋局，何栖梧却犯了难，不好意思地说："你能先给我说一下象棋规则吗？"

"你不会下吗？"

"好久之前下的，现在都忘记了。"

"车行直路，炮打隔子，马走日，象走田……"

"好了，我想起来了。"

顾希武总是能很快地将军，这让何栖梧很不服气，玩了一局又一局，直到晚自习铃声响起才赶紧收拾好棋子，藏在课桌下。

她给顾希武传了一张字条："下次我一定会赢的。"

顾希武嘴角上扬，无声地笑着，扭开笔套，写下："好的，我等着。"

第二日，何栖梧让顾希武让她几个棋子，顾希武拿走了自己的一个车，一个炮："这样行了吧？"

何栖梧满意极了，连连点头。

可是结果还是自己输啊。

后来两人的关系越来越好后，何栖梧学会了悔棋，这让顾希武有些无奈。

顾希武那时候虽长得眉清目秀的，但也还没到全校出名的地步。他真正一战成名的是初一的期中考试，入学考试全年级 100 名开外的他，成为一匹黑马，杀到了第一名。数学满分，英语和语文仅仅扣了些作文分，何栖梧翻了翻顾希武的试卷，卷面整洁，字迹清晰，答题思路完整，一张张卷子简直完美，叫何栖梧羡慕不已。入学考试的第一名是何栖梧原来班上的班长吴文俊，她以为这次第一名毫无疑问就是他啊，却没想到顾希武秒杀了吴文俊。

此后，上课时，老师都爱叫顾希武起来回答问题了，而他的第一名竟一直就维持下去了，没有人能够考过他。

而少年沾沾自喜的是他如今的存在感足够让何栖梧忘不掉他了吧。

顾希武从过去的回忆中回过神来，现在这样的局面，想必在场的何栖梧和仲锡遇都是事前知晓的，只有他不知道，傻傻地入了局。

那些年，他从未对任何人说过自己喜欢何栖梧这件事，仲锡遇也许曾经怀疑过，可是在他和陆怡短暂交往后，这个念头就消失了。

所以仲锡遇支持顾莱告白，他不怪仲锡遇。

但是何栖梧，叫他如何不生气呢？

她支持顾莱，就表示她对自己真的没有别的想法，他对她所有的好，在她眼中都只是朋友的情谊，无关爱情。可是，何栖梧啊，我还要怎么对你好，你才能感受到我对你是不一样的。

顾希武的头越加疼了，感觉到前所未有的疲惫。

他语气冷淡地问："所以，你想让我怎么回应你呢？你找我告白的目的又是什么呢？"

"我……"想问你，你喜欢我吗？

"顾莱啊，你都叫过我师父了，我可不能对自己的徒弟有非分之想啊。"

其实顾莱早就猜到会是如此，但是猜到是一回事，接受又是另一回事。

"我想，你能不能跟我交往试试？"顾莱用几近卑微的姿态问，泪眼蒙　中带着祈求。

"不能。"顾希武不为所动，显得无情。

她的眼泪流得更厉害了，控诉道："可是，顾希武，我喜欢你啊，我控制不住自己。"

"可我不喜欢你。"

何栖梧有些不忍，起身抽了几张纸巾走到顾莱身边帮她擦了一把脸，看向顾希武时眼中含着怒意："那么，你喜欢的是谁呢？"

顾希武突然觉得自己真可悲。

有一天，他会被自己喜欢的女孩逼问他喜欢的是谁。他想说是你啊，却知这里不是说这话的场合。最后，他只能回："我不想回答这个问题。"

"陆怡吗？顾希武，你不觉得自己很残忍吗？一个和你毫无瓜葛的人跑来向你表白，你就接受了她；顾莱和你认识那么长时间，你们彼此熟悉，为什么你就不能接受她？你不觉得自己一点都不公平吗？"她眼神凌厉，投射过来的目光像一把一把的刀子，这些刀子直接飞向顾希武的心窝，痛得他都麻木了。

"何栖梧，爱情里有什么公平可言呢？"他反问。

两人之间剑拔弩张，谁也不相让。

是啊，爱情里哪有什么公平可言，无非就是喜欢多一点的那一方卑微一些，谁爱得深谁就倒霉，无一例外。

而他顾希武永远都是那个高高在上的顾希武，别人都只能仰望着他。

何栖梧烦透了顾希武，冷笑："那我祝你和你的陆怡白头偕老，别再祸害别人了。"说完，便气冲冲地拉着顾莱离开了包厢。

仲锡遇拍了拍顾希武的肩膀，跟了出去。

顾希武眼前突然发黑，跌坐在椅子上，过了很久才缓过来，他真是被何栖梧气死了，但也只有何栖梧有这个能耐让他如此生气。

顾莱蹲在路边哭，何栖梧撑着伞陪着她，不知该如何安慰她。

仲锡遇跑来对何栖梧说："知道顾莱家在哪里吗？我们先送她回家吧。"

"不行，我这样子要怎么回家？"顾莱哑着嗓子吼道。

何栖梧觉得也对，顾家的千金大小姐哭得梨花带雨地回去了，顾家人要是不追问到原因是肯定不会罢休的。

"这附近有个公园，我们去那里坐坐吧。"何栖梧提议。

顾莱没反驳。

"我回去看看小武。"仲锡遇说。

何栖梧没说话，将顾莱拉起来，扶着她过红绿灯。

回到包厢，顾希武还坐着，像是失了魂，无精打采的。

仲锡遇走近："你还好吧？"

顾希武摇摇头，用手摸了摸额头："不好，被何栖梧气得发烧了。"

"真的假的？"仲锡遇一脸不信，伸手去摸顾希武的额头，的确不是正常温度。

"走吧，我送你去医院吧。"

医院输液室里，顾希武对仲锡遇说："阿遇啊，何栖梧问我喜欢的是谁，我真想大声告诉她，我喜欢何栖梧，很喜欢很喜欢。可是她今天说的那番话实在令我太伤心了，这坏丫头祝我和陆怡白头偕老，我都有些讨厌她了。"

顾希武就这样毫无征兆地将自己的心事暴露给仲锡遇。

仲锡遇怔住了："是真的吗？你喜欢的人是何栖梧？"

"对不起啊，现在才告诉你。"

"可是，这是什么时候的事情？"

"初一的时候，我就喜欢她了。"

"那么，你又为什么要和陆怡在一起呢？"

"因为顾莱说何栖梧喜欢你啊，我还能怎么办呢？"

仲锡遇苦笑："可我觉得她一点都不喜欢我。"

从她逃避仲锡遇的态度来看，顾希武就猜到她不喜欢仲锡遇了，只是不想说出来，让仲锡遇伤心。

"阿遇啊，你为什么会喜欢何栖梧那丫头呢？"

仲锡遇故意说得简单含糊："就是不自觉地被她吸引了啊。"

他只说过自己的父亲是个胡搅蛮缠之人，却没说过自己的母亲在这场畸形的婚姻里性格越来越暴躁，这个不完美的家庭，导致了他很难敞开心扉去交朋友，尤其是女生朋友。但栖梧是不一样的，她的一颦一笑，柔得似水，是他一直追寻的那种女孩，没有暴戾，没有歇斯底里，是一副乖乖牌，他爱极了她那温暾的性子。

"如果一直都得不到回应，你还会一直喜欢下去吗？"

"不知道，但我现在还是很喜欢她。可能以后分隔两地了，这份喜欢就会被时间和空间冲淡了吧。"

"真的能够冲淡吗？可我却觉得自己这辈子就栽在何栖梧手里了，永无翻身之日。"顾希武说着说着，眼眶就热了。

公园里，顾莱的情绪渐渐地恢复平静。

栖梧一直陪着她坐在亭子里，看远处湿润的风景。

两人沉默良久，顾莱先开口说："这样也好，五年一个结果，走过一个五年，我再走一个五年，这样我就能真的走出来了。"

"那以后，你和顾希武要怎么相处？陌生人还是？"

"我不要和他做陌生人。"

"继续做朋友？可是这很尴尬啊。"

"没事啊，我可是顾莱，脸皮厚着呢。"

"你能想得开就好。走吧，我送你回家。"

"不用，我可以自己回家。"

"还是让我送吧，我不放心。"

顾莱笑了，头靠在栖梧手臂上："谢谢你啊，何栖梧，有你陪着我真好。"

那一天之后，顾莱真的说到做到，尽管和顾希武之间已经变得有些尴尬，可是两人还是做起了朋友。

而何栖梧，是真的和顾希武冷战了。

没有人愿意退一步。

无论顾莱如何相劝，这两人就是不愿意和好。

5 月，C 省发生了地震，何栖梧是在晚上回家后才看到的新闻。

李禾蔓的妈妈是医生，医院紧急抽调联合应急医疗队赴灾区展开救援工作，她在其中。李禾蔓回到家才知道这件事，那时候她妈已离开家了，她爸安慰她很快就回来了。可是看到新闻里总说那地方余震很多，又有暴雨，她很害怕很恐惧，却知这就是她妈妈的工作，唯有祈祷。

死亡人数与失踪人数，新闻里每天都在更新，这些数字越来越庞大，惨烈得叫人心碎。

村落成为孤岛，只能靠跳伞抵达，每一位伞兵都提前写下了遗书，栖梧坐在沙发上看得泪流满面。

天灾面前，人的力量何其渺小，前一秒还在教室里上课，后一秒教室沦为废墟，那些人还有二十几天就要高考了啊，这种转瞬间的覆灭，令人心惊肉跳。

而何栖梧因着这几日情绪波动太大，再次因为呼吸困难住进了医院。

看过了那么多的死亡，这一次何栖梧住进来后，眼泪似乎都流干了，一滴泪也挤不出来了。她很平静，就连医生说她病情加重时，她也只难过了片刻，生死有命的这种想法在她心里落地生根。

如果再怎么小心翼翼与努力都没办法阻止自己的病情恶化，那么她何不轻松点过完接下来的日子？

何妈并未告诉她，她的名字已经被列入了等待心脏移植者的名单中。

学校里，何妈去跟老师请了无限期的病假，何栖梧的那些朋友里除了李禾蔓，没有人知道她住院了，顾莱每天都发信息问她怎么还不回学校上课。

何栖梧索性关了手机，想让自己彻彻底底地脱离他们的生活。

她将自己变成了孤岛，除了亲人，谁都不能靠近她。

李禾蔓一到放假就会来病房陪何栖梧，她给何栖梧带来了几本书，让她无聊的时候可以翻翻。

"你的那些朋友分别来找过我，问我你怎么回事？"

何栖梧顺势问："哪些朋友啊？"

"顾希武、顾莱、仲锡遇，你的朋友里，也就这三个跟我认识啊。"

"那你都怎么回他们的？"

"你不让我说的，我一个字也没说。"

何栖梧凄然一笑："我和顾希武已经冷战好久了，没想到他还会来关心我。"

"为什么冷战了？"她每天几乎都跟顾希武一起骑车回家，竟从未听他说起过这件事。

何栖梧将那日发生的情形给李禾蔓说了一遍，李禾蔓快要无语了："顾莱喜欢顾希武，顾希武不喜欢顾莱，这是他们之间的事情啊，你为什么要插一脚？而且感情的事情又不能勉强，顾希武不能因为怕伤害顾莱就勉强答应与她在一起啊，那顾希武以后不是很痛苦。"

"我知道其实他没错，可我就是想跟他闹掰。"

"为什么啊？"李禾蔓不懂了。

"喜欢了他这么多年，想试试讨厌他的感觉。"何栖梧傻傻地说。

事实证明，这种感觉一点都不好受。

"你这分明就是在自我折磨啊。"

"不，这是释然。"

自她开始生病起，顾希武就不再是真实的，他是何栖梧心中的一份美好的想象。

在人生最美好的时光，何栖梧也许就要变成一堆白骨，可是顾希武却还是那个明亮耀眼的少年。

由浅喜深爱到坦然释怀，对于何栖梧来说，这一页必须翻篇。

因为，现在的她已经没有资格再喜欢顾希武了。

"你那塑料袋里装的什么啊？"栖梧转移话题问。

李禾蔓这才想起来："我和仲锡遇发现学校里居然种了一棵杨梅树，我让他爬树摘了很多。"

"你和仲锡遇现在关系越来越好了啊。"何栖梧由衷地为好友感到开心。

"对啊，他现在会主动联系我了。"

李禾蔓去卫生间洗了杨梅，一颗颗地送进何栖梧的嘴里。

"没想到野生野长的杨梅竟不逊于水果店里的杨梅，汁多而甜。"

"你要喜欢，等明天我就让仲锡遇跟我回趟学校，再摘些给你。"

"好啊。"

窗外鸦青色的天空，预示着接下来的暴雨将至。

"要下雨了，你早点回去吧。"

"干妈还没回来，我等她回来了再走。"

"其实，蔓蔓，在医院里我住得很舒服。"

李禾蔓第一次听人这样说，难道病人不应该讨厌医院吗？

"住在这里，我觉得安心，不必担心我会突然因为窒息而死去。我每天啊，都要去护士站那边的秤上称几次，可惜我越来越瘦了。"

"等你病好了，你会胖起来的。"李禾蔓安慰道。

"希望啊。"她憋在心里的那句话是：我好像没有未来啊。

等到医生宣布栖梧可以准备出院的时候，已然是8月中旬。

再次回到家，何栖梧觉得自己就像是做了一场梦，恍恍惚惚，周遭一切都变得极为不真实。

今年一中的准高三学生们7月份放了一个月的假后，8月份就回学校补课了，托生病的福，何栖梧在家看了个完整的奥运会赛事。

对于何栖梧还回不回学校上课，何爸何妈有不同的看法。

何妈觉得高考对女儿来说已经不重要了，何爸却觉得怎么不重要了。

两人原先在卧室里密商，却一言不合最后大吵起来。

何栖梧倚靠在他们房间门外，耐心听着两人争论。

何爸："医生说过她可以回学校上课，上学这种事很轻松啊，又不是像做苦工一样耗体力。"

何妈："高考复习压力太大，要花费太多精力，这对栖梧的心脏不好。"

何爸："我怕她总是在家闷着，会心情抑郁。"

何妈："有我陪着，我会给她解闷。"

何爸："你是不是觉得她活不长了？"

何妈："你不要太乐观。"

之后，两人就栖梧能不能等到心脏捐赠者吵翻了天。

何栖梧回了房间，心怦怦乱跳着，眼泪不由自主地涌出来。

原来，她的病已经到了需要心脏移植的地步了。

翌日，两个家长来问何栖梧的意见，何栖梧斩钉截铁地回："我不去学校，我可以在家看书。网上有名师复习教程，我可以买来看。"回到学校，她就得看到顾希武，她觉得自己的心脏会受不了。

既然何栖梧这样说了，他们也唯有尊重她的决定。

下午，两人便去一中跟栖梧的班主任以及校长谈论了栖梧在家学习的事情，趁着下课的时间，去教室把栖梧书桌搬了个空。

当时顾希武去了老师办公室，并未看到这一幕。

顾莱无法接受，跑出教室追上他们："叔叔阿姨，栖梧转学了吗？"

"没有，顾莱。"何妈回。

"那为什么要拿走所有的书？"

"她不想来学校了，我们尊重她的决定。"

"为什么她不想来学校？学校里有什么让她伤心难过的吗？"顾莱追问。

"顾莱啊，我们要先走了。"何妈急着道别，并不愿意多说。

顾莱当下就去找李禾蔓，她一定知道原因。

"顾莱，我真的不知道。"

"又是这句话，李禾蔓，你能不能换个新鲜的词啊？"之前每次问她栖梧的事情，李禾蔓都回不知道。

可是顾莱却觉李禾蔓什么都知道。

她今天非得问出来不可。

顾莱双手环胸，眼神凌厉地盯着李禾蔓。

李禾蔓有些心虚，恰逢上课铃声响起，她想要回教室，却被顾莱用力抓住了手臂："你不说，我们就在这儿僵着。"

眼见老师就要来了，教室里一堆好事者正在看热闹。

李禾蔓思忖再三，没辙，只能说："现在没时间说，晚自习我们操场见，我都告诉你，这总可以了吧。"

"真的？"顾莱有些不放心。

李禾蔓挣脱开顾莱的束缚，用力点头。

因着低年级的学生放假，操场上少了许多借口散步实则约会的学生们，李禾蔓走在塑胶跑道上，去年一起在操场上点燃仙女棒的情形历历在目，栖梧的笑声如银铃般入耳，仿佛就在耳边。

　　李禾蔓形单影只地坐在看台上，没过多久，顾莱就来了，然而她并不是一个人来的，她的身边还跟着顾希武。

　　那个看着何栖梧空课桌发了一下午呆的顾希武、忍不住胡思乱想栖梧不来学校的一万种可能的顾希武，那么憔悴与狼狈，顾莱不忍心，便带他一起来操场了。

　　"你现在可以说了吧。"顾莱坐在李禾蔓旁边的坡上。

　　"栖梧生病了，很严重。"

　　顾希武觉得自己的心就像被灌了铅一样，沉甸甸的，压得自己喘不过气来。

　　"什么病？"顾莱问。

　　"她心脏衰竭了，如果不做心脏移植手术，医生说她活不过两年。"

　　"怎么会这样？"顾莱根本就没办法接受这件事。

　　李禾蔓悲伤地回："就是这样。"

　　心脏衰竭，顾希武并不陌生，家族里有老人得过这个病，住了三次院，出院后死在了家中。可是那个老人都七十岁了啊，而栖梧才十八岁啊。

　　一直沉默的顾希武问："这是多久的事了？"

　　"去年夏天。"

　　顾莱突然想起了什么："难怪她那日会说万一我死了呢，我只当那是一句玩笑话，却没有想过她说这话时该有多难过。"

　　李禾蔓离开时，顾希武对她说："能不能让她开机？"

　　"对啊，我都好久没听到她声音了，我很想她。"

　　"我劝劝看，不过你们不要表露出知道她生病的事情，她不想你们可怜同情她。还有，你们千万别告诉仲锡遇。"

　　顾莱多多少少能够猜到李禾蔓的私心，但是顾希武却不知，他困惑地问："为什么不能告诉阿遇？"

　　这是栖梧特地关照李禾蔓的吗？怕仲锡遇难过？她对他到底是不同的。

　　李禾蔓没说话，就离开了，顾莱追上了她，两人没有回教学楼，而是往花圃那片走去。

　　"我知道你喜欢仲锡遇，很喜欢很喜欢。"

　　李禾蔓感到讶异，扪心自问她的喜欢有这么明显吗？却也没反驳顾莱的猜测，索性承认："我们的关系好不容易走到这一步，我不想退回去，不想让他再次把心思都放回栖梧的身上，你知道吗？有很长一段时间，我们俩聊天的内容都是围绕栖梧的，现在却不是了，我们会聊彼此喜欢看的电影，彼此喜欢的球星。他喜欢看NBA比赛，我也跟着看，就为了聊天的时候，我能跟他讨论赛事。我做了那么多的努力，不想都白费了。"她心里比任何人都清楚他们关系的脆弱，经不起一丁点的风雨。

　　末了，李禾蔓又问了一句："我是不是太自私了？"

　　"我们为了自己喜欢的人自私点怎么了？"

　　"谢谢你能理解我。"

　　顾莱深吸了口气，鼓足了勇气说："我告诉你一个秘密，你能替我保守吗？"

　　李禾蔓停下脚步："好。"

"仲锡遇会喜欢上栖梧，你得怪我。"

"怎么回事？"

"很久以前，我和栖梧还有当时宿舍里的另外两个朋友坐在一起聊天，聊起了每个人最喜欢的男生的名字。其实我知道栖梧喜欢的人是顾希武，轮到她时她扭扭捏捏开不了口，我便抢先说了，我说我喜欢顾希武，栖梧那个失落，然后我就听到她说她喜欢仲锡遇。后来，我背着栖梧把这件事告诉了仲锡遇，还故意让顾希武听到，然后顾希武就在当时接受了陆怡的表白。虽然不长久，但是那件事发生后栖梧觉得顾希武虽对她好，却到底不是因为爱情，而她更是回避起自己对顾希武的感情了。

"后来仲锡遇想要在散伙饭上对栖梧表白，我开玩笑问他是从什么时候开始喜欢栖梧的，隐藏得够深啊。仲锡遇说就是从我告诉他栖梧喜欢他之后，他总是会有意无意地去观察栖梧，渐渐地，心就放在她身上，收不回来了。他说只要一看到栖梧，他就忍不住开心，见不到的时候只要一想起她温柔的脸，也许前一秒还在暴戾状态下一秒就能恢复平静了。

"遗憾的是，栖梧并没有去吃散伙饭。仔细想来，从我喜欢上顾希武开始，我就做了很多错事，我知道我很坏，我让他们彼此误会，我让仲锡遇加入了这个剪不断理还乱的四角关系中，我让他们没办法对彼此吐露心声，因为他们必须得顾虑我和仲锡遇的感受。我对顾希武表白，还故意拉上栖梧，让她支持我，就是想让顾希武对栖梧死心，因为真的喜欢一个人，是不会舍得相让的。却没有想过栖梧会为了我跟顾希武吵架冷战。作为情敌，我自知比不上她。作为闺蜜，栖梧真的很好。所以，李禾蔓，也许我真的要放手了。可我却不能坦诚自己所做的这一切，我不想失去他们。"

李禾蔓词穷了，努力消化着顾莱所说的话，良久才开口："这样的秘密你应该烂在肚子里啊，为什么要告诉我？"

"因为我们很相像啊，我们喜欢的人都爱着何栖梧。"

李禾蔓急忙摆手："不不，顾莱，我们不像，一点都不像，我不会去用这样的方式去伤害栖梧。我即便再喜欢仲锡遇，如果知道栖梧喜欢仲锡遇，我压根不会陷得这么深。而你不一样，因为你的关系，顾希武和栖梧浪费了那么多好时光，在暗恋中患得患失，喜欢却不能开口。顾莱，这是你每天有一大半时间都要面对的两个人，看着他们各自心痛，你良心何安？"

"可我就是一个凡人啊，我没有那么伟大，我会嫉妒会要手段，会为了自己喜欢的不择手段。"顾莱无助地哭了出来。

李禾蔓愤怒之余却又有些同情这样的顾莱。

"既然答应替你保守秘密，我就不会说出去，你放心好了。"

"谢谢。"

第九章

她的生命因他隆重

这一日，栖梧她妈妈出去买菜回来，她在客厅里喊："栖梧，有你的包裹。"

何栖梧从房间出来，看到餐桌上的包裹，觉得奇怪。

她费了好大的力气才拆开，大盒子里还有个小盒子。

小盒子里是一盏透明的玻璃小夜灯，麋鹿的形状，灯座是木质的，栖梧注意到了盒子里的小卡片，展开：

"对不起，迟到的礼物。栖梧，十八岁生日快乐！"

这是……

栖梧皱眉，她跟顾希武不是已经冷战了吗？他竟然还会送她生日礼物。

"哎呀，还挺好看的，谁送你的啊？"

"一个朋友。"

"什么朋友？"

何栖梧没有答话，拿着礼物回了房间，将小夜灯放在床头柜子上。

晚上夜幕降临，何栖梧关了房间的灯，扭了扭小夜灯的开关，光芒由弱变强，直至照亮周边的一切。

灯光和月光都是清冷的，都没有阳光的温度，可是何栖梧却觉得这灯光似乎照亮了自己的心里，一颗心也变得热乎起来。

想起前几日，李禾蔓问她为什么要关掉手机，那是她始终都没办法说出口的话，只能烂在心里。

因为，她怕自己内心的平静被打破，她怕自己再也无法满足现世的安稳。

她怕自己只要一看到顾希武的名字，就会想要活下去。

她从没有对别人说过她想要活下去这句话，因为她知道没有人能帮她活下去，说出来只会让闻者落泪，徒增伤悲，这个念头实在卑微可怜。

她的命变成了一场赌博，她的父母为她做得够多了，又何必让他们品尝无能为力的绝望？

何栖梧用钥匙打开盒子，从里面拿出手机，开了机，片刻之后，手机振动个不停，各种未接来电和短信通知。

她其实并没有刻意去记她离开他们的时间，只知这时间很漫长很煎熬。

到底是怨不得他们抓狂，对自己的手机狂轰滥炸。

何栖梧一一查看，发现最新的短信内容是移动公司发来的，通知她手机充值话费 100 元到账，原来关机期间手机停机了。那么这 100 元到底是谁给她充的呢？应该不是她爸妈。

短信都是顾莱发来的，最近的未接来电都是顾希武打来的。

何栖梧看了看时间，估计这话费是顾希武充的。

手机突然振动起来，吓了她一跳。

是顾希武。

按掉还是接听，她在心里犹豫不决。

最终行动战胜了理智，电话接通后，她并没有说话。

顾希武的声音听起来很激动。

"谢天谢地，你终于开机了。"

顾希武只是每天都习惯性地在这个时间点打何栖梧的手机，每次电话里都是那千篇一律不带丝毫感情的女声："对不起您所拨打的号码已关机……"而后变成了停机，他买了电话卡充了话费，这一晚，他照常拨栖梧的号码，听到的声音竟是不一样的，而最后电话竟然通了，这让他备觉意外与感动。

何栖梧不说话，而他害怕她突然挂了电话，着急地说："我们不要冷战了好不好？"

没有回应。

顾希武继续说："你没有反驳，我就当你默认了啊，何栖梧，现在我们依旧是好朋友。"

依旧没有声音。

顾希武在电话那头强颜欢笑道："你回家后，我每天都给你擦课桌，就想着你哪天回来上课了，看到这么干净的课桌，心情会好点。

可是前段时间,你爸妈来拿走了你所有的东西,顾莱说你回家看书了,并没有退学。这我就放心了,栖梧,你究竟是怎么了?为什么还不回来上课呢?"这些话是顾希武故意说的,好让何栖梧觉得他依旧是那个什么都不知道的人。

"我给你买的礼物今天应该到你手上了吧,不知道你喜欢不喜欢?我买了两个,送了你一个,现在还有一个在我房间里亮着呢。对了,我还在灯座下刻了你的名字,就当我闲得慌吧,嘿嘿!很晚了,栖梧,你早点休息,明天我打电话给你,你一定还要接啊。晚安,栖梧。"

手机的屏幕由光亮渐渐变暗。

何栖梧早已泪流满面,她怕自己一出声就被顾希武听出端倪,所以她紧捂着嘴,咬紧了牙关,不让自己去回应他的任何一句话。

顾希武,我们已经回不去了。

执拗的顾希武每日都打来电话,何栖梧每次都会接听,但都不会说话。

国庆节假期期间,顾希武约何栖梧去她家附近的公园见一面,他有东西要给她,他让她一定要来。

那日何栖梧偷偷溜出了家门,她最近腿肿得厉害,睡觉垫的靠垫越来越高,她知道自己的情况是越来越严重了,但她没有将这些情况告诉她父母,怕他们担心。

她到底不是特地为了来赴约的。

因是假期,公园里有不少人在,何栖梧找了一会儿,才在顾希武说的湖边看到了他的身影。

但她的脚似乎被灌入了铅,重得她提不起脚步。

远远地看着他，时间一点点地过去，她的腿都站麻了，顾希武时不时地打她电话，她都没有接，直到黄昏逼近，他大抵是不抱希望了，黯然离去。

等他走远后，何栖梧才去长椅处，竟看到了一枚朴素的银戒指。

何栖梧弯腰捡起戒指，看到戒指圈里刻着的字母，情绪一下子爆发了。

"My love."

她坐在椅子上，将戒指戴在手上，她的手虽然水肿，但也勉强可以戴在无名指上。

顾希武今日约她来是要对自己表白吗？而如果她真的赴约了，自己大概也不会答应这表白。

何栖梧觉得让他白等这样的结果也挺好的。

此后，顾希武的电话依旧会打来，但她不会再接听了。

顾希武便每日发来邮件，有时候是一些歌单，有时候是一些电影视频，有时候是他弹钢琴的录音，栖梧无聊的时候便会下载下来看。

这其中包括了很久之前顾希武给她讲的日本小说《恋空》的电影，栖梧看了一遍，联想当时顾希武给她讲故事的情形，竟有些佩服起顾希武居然能丝毫不漏地将整个故事情节都说出来，这能力真令人羡慕。

灿烂的夏花被几场雨水打得残败，一夜之间整座城市入了秋，秋风吹起地上的落叶，在空中打一个旋儿又落地。

Y市的秋天极为短暂，伴随着几次冷空气的降临，冬天的脚步紧随而来。

冬日夕阳的余晖浅浅淡淡，渐渐落入高楼大厦之后。

一辆救护车疾驰在路上，闯过红灯，直奔人民医院急诊室。

救护车门打开，何妈看着医护人员将栖梧紧急推向手术室，她的手一直都在颤抖着，手上都是血。何栖梧在不久之前猛地咳嗽吐了血，随后陷入了昏厥。

看着女儿苍白的脸，何妈平日里再怎么坚强，这一次都无法避免心慌。

总觉生命之脆弱，也许下一秒栖梧就将永久离开人世。

何爸赶到医院，他们夫妻俩一起收到了医生下达的病危通知书。

心脏重度衰竭引发上消化道出血，造成何栖梧大量吐血。

在那之后，何栖梧一直都在重症监护室里，一周后才被转到病房里。人民医院正在帮何栖梧紧急寻找适合的心脏。

何栖梧住在病房里，家里亲戚一一来探访，带着水果送着钱，无不觉得可惜，何爸何妈实在盛情难却收了钱。其实之前何爸何妈就卖了栖梧奶奶留下的房子，这些钱足够栖梧做心脏移植手术了，但是随着她每次进医院抢救，花钱如流水，为此，何妈还代管了几家小公司的账，钱能多准备一些是一些。

也是在这间病房里，李禾蔓带着顾莱和顾希武来了，大抵知道她不愿意，所以才不请自来。

何栖梧其实还是不想让他们见到自己此刻虚弱的样子，但又觉得若此刻不好好做个道别，恐怕以后就再也没有机会了，脸上也渐渐有了笑容，但因为说话吃力，便也只能听他们说。

顾莱强忍着眼泪的样子，何栖梧看着内心千回百转。

顾希武帅气的脸蛋，连何妈都忍不住多看了几次，心想栖梧何时有这样的朋友了，再看女儿望着他的眼神，似乎一切都有了解释。

栖梧喜欢这个男孩。

从头至尾，顾希武都没有说一句话，他只是静默站着，可在何栖梧看来，他所想说的话已经抵达她的心里。

顾希武他们走后，何栖梧的眼角流下了眼泪，何妈很紧张，告诉她不要激动，放宽心。

"妈，我想要活下去。"

这话一说出口，何栖梧的眼泪就止不住了。

何妈亦是心疼，坚强道："你当然能活下去。"尽管何栖梧的医生已经告诉他们，何栖梧若是再不做心脏移植手术，估计撑不到一个月。然而一颗心是这样的千金难求。

若是可以，何妈都想把自己的心给栖梧。

在医院等合适心脏的日子沉重而又压抑，何栖梧只觉这是她生命的倒计时，并不抱任何希望了。

毕竟这个世界有太多人没有等到器官捐献就死亡了，何栖梧也并不觉得自己会那样幸运。

然而何栖梧还是等到了，那日栖梧的主治医生过来说 S 医院出现了与何栖梧血型匹配的心脏，何栖梧可以做心脏移植手术了，这个消息让何爸何妈喜极而泣，多少日日夜夜地祈祷，终究是有了效果。

但何栖梧却不知道，也是在这一天，一中发生了一件大事。

而这件事，等到何栖梧真的变成健康人了回到学校上课后，她才被顾莱告知，然而隔了好多个月，她已哭不出来了。

据顾莱后来回忆，那日的清晨，其实也并没有什么特别，宿舍里的人习惯性地打了电筒躲在被子里默背单词，到时间差不多了就一窝蜂地起床抢占公共厕所的资源。

顾莱她们下楼才发现宿管阿姨关了宿舍大楼的门，不放任何一个人出去，有些女生是习惯性去操场跑步的，早就等在了这里，一脸的不耐烦，没有人知道外面发生了什么事以及宿管阿姨为什么锁门？

顾莱她们重新回了宿舍。

李恩从男生那边得到些消息，老师正在查房，看有谁没请假不在宿舍里。

她们都以为这只是学校突击检查宿舍，任谁也没有想到，有人跳楼了。

风声走漏出去是在八点多的时候，所有的人都知道有人跳楼了，但是谁也不知道是谁跳了楼。

校园的走读生们看到学校大门紧闭，有警车停着，去书店一问，老板娘透露五点多的时候，保安听到了呻吟声，发现有人跳楼了就立即报了警，听到的学生们心里都惊了惊，这其中也包括了顾希武。

九点多的时候，一中才将大门敞开放走读生进去，而寄宿生也都来了班级。

这时候，大家都已经知道跳楼的是谁了。

跳楼的人怎么可能是仲锡遇呢？

顾希武和顾莱本能地不相信，觉得这真是天大的笑话，还专门去了仲锡遇的班上找他。他班上死气沉沉的，没有一个人说话，大家看着顾希武和顾莱走进教室，仲锡遇的座位上果然空空的，顾希武发现了仲锡遇的室友，他的目光在躲闪。顾希武走过去，情绪激动地问："仲锡遇呢？"

听到这三个字，那室友没忍住红了眼，无力地回："你知道的啊。"

顾希武吼道："我不知道。他是不是逃课了？"

"早上老师来查房就他没在宿舍，可他昨晚还在的，我们还说了话的，他并没有异常啊，怎么会这样呢？"这话仲锡遇的室友也对来调查的警察说了一遍，他的情绪终于崩溃了，始终都想不明白好好的一个人怎么说跳楼就跳楼了？

顾希武和顾莱赶去医院的时候，医生已经宣布仲锡遇于半小时前抢救无效死亡。

仲锡遇的父母都在抢救室外，这不是顾希武第一次见他们，却是他第一次用如此怨毒的眼光看着他们。

警方调查之后得出结论，是自杀，排除他杀。

因为他们在仲锡遇的宿舍里搜到了抑郁症诊断书以及抗抑郁的药。

至于他为什么要自杀？就不得而知了。

然而学校里关于仲锡遇跳楼这件事谣言四起，有说他是因为父母要闹离婚而想不开，也有说他是因为不堪高考压力才走绝路……当然这最后一种说法被熟悉仲锡遇的人给排除了。电视新闻里，主持人用化名播报了这起自杀事件，同学们人心惶惶，人长期处在高度压力下便会变得脆弱，都觉得自己有抑郁症了。有不少学生都请假回家看心理医生去了，他们不想步仲锡遇的后尘。而家长们也因为这件事对自己的子女更加宽容了，怕逼急了人就没了。

作为仲锡遇的至亲好友，顾希武从来都不知道仲锡遇有严重的抑郁症，此刻知道后不禁后悔以前对他的关心过于少了。如果早知道仲锡遇有了轻生的念头，他就会在仲锡遇说父母离婚这件事后更加注意仲锡遇的情绪，可他明明记得当时仲锡遇的心情似乎很放松啊。到底是不是自己的记忆出了错，顾希武也无从论证了。

他死了就是死了，再也不会回来了。

仲锡遇的葬礼过后，顾希武和顾莱回到学校，李禾蔓来三班找他们，告诉他们何栖梧已经做了心脏移植手术，现阶段还在ICU里观察，医生说目前一切都正常。顾莱提着的一颗心终于放下来，激动地哭了，嘴里念念有词，谢天谢地。她还以为再过不久就要去参加栖梧的葬礼了，却没有想到到底是出现了转机。

失去了仲锡遇，李禾蔓变得越加沉默，更加拼命做卷子，一心只想着早点离开这座城市，走得远远的。

李禾蔓要走时，顾莱抓住她的手，让她陪自己一起去操场走走。

"我知道你很难过，你可以哭出来。"

"我哭不出来。"李禾蔓摇摇头。

其实她早就在QQ上把仲锡遇骂了千遍万遍，所有她能说出口的脏话她都用来骂他了。

怎么也不会想到前一天还聊得好好的男孩子第二天就跳楼了？

这是要给谁造成心理阴影？

仲锡遇现在已不再是她喜欢的人，而是她得不到由爱生恨的人。

这些，她只能默默承受，无法对人倾诉。

两人绕着操场走了一圈，各自回班级。

何栖梧再次回到学校上课的时候已经是 4 月了。当时三班一阵热闹，除了知情的顾希武和顾莱，其他人都觉震惊，以为不会再出现的人竟然出现了。

关于何栖梧的谣言不胫而走。

有人说她消失那么长时间是回家生孩子去了。顾莱听到后火冒三丈，当场就把那些人的桌子给砸了。何栖梧倒不介意，嘴长在别人身上，别人爱怎么说就怎么说。从鬼门关走了一遭的人大概都如她一般心境豁达了，除了生死，其他的事情其实皆不重要，又或者说她是没时间跟人计较，有那时间还不如多问问顾希武考试解题思路。

她对顾希武说："谢谢你的每日一封邮件。"在她养病期间，接收顾希武的邮件成为她生活中最甜蜜的事情，时至今日，已经积攒了很多封邮件了。

顾希武对她说："谢谢你还活着。"

何栖梧又问："我们一起去北京的约定还作数吗？"

顾希武点头："当然。"

何栖梧想，等到高考后，她一定要跟顾希武说出自己的心意。

与他相识六年，在这漫长的岁月里，何栖梧品尝着暗恋的百般滋味，隐忍、遗憾、失望，这些感觉都曾让她痛彻心扉，现在她要勇敢了。

顾希武的戒指，她可是一直都悄悄收着呢。

他喜欢她，她已经确定了。

5月份的时候，大家一起拍了毕业照，轮流写同学录，教室后方黑板上写着高考倒计时的日期，反而叫大家都放松下来，毕竟三年的努力并不是靠临时抱佛脚就能有所改变的，能考多少分在前两次模拟考时大家心里都清楚了。高中最后的时光，大家都选择了享受当下。

跟初中时一样，顾希武给栖梧写的同学录的寄语是："祝你越长越胖。"

何栖梧看后，真是哭笑不得。

6月7日、8日、9日高考后，顾希武和李禾蔓一起去参加了北大的自主招生选拔考试。何栖梧给他发QQ短信、打他电话皆是没有回应，她安慰自己他应该是在忙，想给他加油打气他却看不到，只觉遗憾。

过了几天，顾希武才回复她的QQ信息。

等到高考分数出来后，何爸何妈皆是欣喜，尽管因为生病错过了学校的生活，但是何栖梧考得还不错，超过一本线许多，能够上好的重点大学了。而何栖梧想的是，她终于能够跟顾希武一样去北京了，接下来，她要考虑的是如何说服她爸妈让她去北京，这是个难题。

她发QQ信息问顾希武考了多少分，顾希武回她一个数字，只叫她羡慕不已。

学校正式填报志愿的那天，顾希武出现了，何栖梧远远地看着他冲他微笑，而他却似没看到一样，和别的同学一起走进机房填完志愿就提前离开了。

何栖梧安慰自己，也许他真的没有看到自己。

然而当她看到一中红榜的时候，才知道顾希武去了上海交大，而放弃了北大。

顾莱却觉惊喜，她和顾希武竟阴错阳差地都要去上海了。

他什么都没对她说，就做了这样的决定，好像刻意为之，存心要离栖梧远远的。

何栖梧觉得自己被背叛了，也在心里怀疑，顾希武把她当什么了？他真的喜欢她吗？

后来，顾希武在家收到了一个包裹，没有寄件人的信息。

拆开包裹后，他看到了自己曾经放在公园里长椅上的那枚戒指，是以前去 N 市玩的时候买的，因为当时店老板说可以刻字，他便让人刻下了"My love"。

何栖梧生病后，他约她见面，她最终没有来，而他原本是想把这枚戒指送给她，告诉她他的心意，他爱她不因她生病了就会退却。

现在戒指回到了自己的手中，尽管没有寄件人信息，但是顾希武知道，也只有何栖梧能有机会看到这枚戒指并知道这是他的。

原来那日，她终究是去了，只是不愿意见他。

但很多事一旦过去了，就没有机会再重来了。

顾希武走向何栖梧，那是第一次，也将会是最后一次。

他们之间到底是有缘无分。

第十章

你就像星辰，
只能喜欢却不能收藏

8月中旬，北方的高校都开始新生军训了，何栖梧申请了免军训，在8月底的时候才跟何妈坐上了开往北京的火车。

当初何栖梧填报北京的大学，何爸跟何妈是坚决反对的，觉得她身体不好，就选择Y大吧。可是何栖梧却说她该走出去，看看不同的风景与人情，当然这都是借口，真实的原因还是因为顾希武，只是后来她未曾料到顾希武选择了上海的大学，他们在很久之前的约定，只有何栖梧一人当了真。更令何栖梧没有想到的是，她妈居然在她放暑假的时候成功在北京敲定了一份财务的工作，电话面试，9月入职，找到工作后又托在北京的朋友帮忙找找何栖梧就读的大学附近的房子，誓要将陪读进行到底。

何爸一人留守Y市，这让他的心情有些低落，好在从Y市到北京的火车是晚上八点从Y市出发，翌日上午九点就能抵达北京站，睡一觉就到了，何栖梧这样安慰她爸。

何妈买了两张卧铺票，都是下铺，免了两人爬上爬下，看着怪危险的。

简单的洗漱后，两人躺在床上玩手机，十点钟的时候，车厢里熄了灯，何栖梧夜里睡得并不踏实，到点下车上车的人难免会发出点声音，再次醒来时，火车已经到达北方。何栖梧坐在小桌子前，望着窗外的天空，万里无云，一片湛蓝，这种蓝色是栖梧在 Y 市不曾见过的纯净的蓝，令人心境开阔清爽，偶有飞机在这片蓝天留下白色的尾巴。何栖梧想到了顾希武给她看的电影《恋空》，美嘉和弘树他们在打电话的时候，弘树让美嘉看天空，飞机划过，留下长长的白色痕迹，两人一起拍下了这样的天空。

何栖梧忍不住拿出手机拍下她眼前的这一幕，想要发给顾希武看，最终还是觉得她该有点骨气，他们之间也只能这样了。

将天空的照片设置成了手机壁纸，火车即将到达北京，她也要开始全新的生活。

暑假里，何栖梧将手机换成双卡双待手机，收到大学录取通知书的时候学校顺便寄来了一张北京卡，所以她的手机里现在有两张卡。何妈觉得她应该把 Y 市的手机卡注销掉，何栖梧却执拗起来，很怕以前的朋友联系不到她。

火车到站后，何妈的朋友早早地等在了火车站外，领着两人先去看了房子，何妈的要求就一个，那就是干净整洁。她朋友找的小区是新小区，所以当天，何妈就和房东签了租房合同，合约期限是四年，并交了一年的租金。

何妈请她朋友好好吃了顿饭，以表达对她的感谢，这种仗义的朋友总是令人感动。虽然何妈与这个朋友并不熟络，可是在她需要帮忙的时候，这个朋友一点都没推辞，尽心尽力，就冲这一点，何妈下定决心以后一定要跟这个朋友好好再续情谊。

当天，两人先住的酒店，第二天才去收拾房子，然后去超市采办日用品。房子是两室一厅，何妈将向阳的房间留给了栖梧，因为房子比较新，所以打扫起来并不费力。到晚上，跟何爸视频聊天，给他扫了扫家中的样子，两人在北京就算安营扎寨了。

往后几天，何妈给家中添置了不少绿植，买了新的餐桌布和沙发垫，这个家越来越温馨了。栖梧觉得她妈真的是个内心很强大的女人，身上仿佛有使不完的力气，总是能把她照顾得妥帖周到。

9月的第一天，何妈给何栖梧做了早餐就去新公司报到了。何栖梧睡到八点半，被太阳照醒，起来洗漱后一边吃早饭一边回复李禾蔓的短信。

李禾蔓在8月中旬就去学校参加军训了，今天是她的报到日，接下来几天要忙各种各样的事情，所以她很抱歉，暂时跟栖梧她们见不了面。

过去的大半年里，对李禾蔓来说太过艰难了。仲锡遇的死，对她的打击很大，然而在那样一个高压环境下，她不能表露出自己的不一样，连哭都没有好好哭过，她像个陀螺一样，不停地转啊转啊，一刻都不敢放松下来。尽管她最近几次的模拟考名次都有所下滑，可是她在高考时顶住了压力稳定发挥，加上她在北大自主招生中拿到了三十分的加分，所以高考成绩出来后，她就被北大招生办的老师录走了。

为此，李家特地摆了谢师宴和家宴，庆祝李禾蔓成为北大一员，而就在那一晚，李禾蔓终究是没忍住崩溃大哭。众人都以为是她先前压力太大了，这样一下子放松有些不能适应，等她哭累的时候，谢师宴和家宴也结束了。而她也终于接受了仲锡遇已经死了的这个事实。

9月2日，栖梧正式去R大文学院报到，正式成为09级新生。渐渐适应大学生活后的某一天晚自习课上，她收到了顾莱发来的一张照片，里面有顾希武，看起来是在外面聚餐被顾莱偷拍的，照片里的顾希武似乎在抽烟。

何栖梧愣住了，看了好几次，其实男生抽烟是很正常的一件事，可是何栖梧却觉得这其中并不包括顾希武。

何栖梧出神之际，顾莱又发来QQ信息。

顾莱："亲爱的，虽然你现在在北京，我在上海，但是我们的感情是不变的，爱你！"

栖梧："嗯嗯，爱你！"

顾莱并不清楚何栖梧和顾希武之间发生的事情，只知道他们因为某种原因不再联系了，问当事人却都是缄默不语。

栖梧："我申请了人人账号，加你好友？"

顾莱："好啊，好啊。"

何栖梧他们班的班长注册了一个人人网班级账号，要班上的人都关注下，有任何消息都会通过账号公布，何栖梧便顺应形势注册了个人人账号。后来搜索顾希武，还真的能搜到，只是她也只能这样偷偷地看他的状态，再也不会加他为好友了，毕竟暑假里拉黑他的 QQ 是至今为止她觉得最解气的事情了。

何栖梧并不知道，往后的几年里，顾希武总是能通过这个班级账号发布的各种通知内容，来猜测何栖梧是不是在第一报告厅逸夫会堂看某知名主持人聊职场；是不是去做明圆小学亲子会的志愿者去了；是不是去公教 3101 室参加某著名作家的讲座去了；是不是去西区食堂南侧看话剧《骆驼祥子》去了；是不是参加学校老师的读书会去了……这个班级账号发布的每一张聚会照片，顾希武都会放大了看栖梧是不是也在照片里，他还通过班级账号发布的祝福同学生日的内容，记住了她大多数同学的名字。

国庆节假期，何爸来了北京，李禾蔓没有回 Y 市，而是跑来跟栖梧他们混在一起。

比起上次见面，李禾蔓瘦了也黑了，何妈准备了一桌子菜欢迎她。

夜晚，李禾蔓和何栖梧躺在一张床上，各自说起了自己的近况，李禾蔓加入了禅学社和摄影学会，周末有空的时候会出去拍照。她问何栖梧加入了什么社团，何栖梧摇头，回："老师推荐了一堆的书目要写读后感，我不上课的时候要混图书馆，去迟了那些书就会被借走了，根本就没时间参加社团活动。"

文学院的课程繁忙度其实在 R 大算正常，但是因为需要庞大的阅读量，通常文学院的学生们都会一下课就跑图书馆看书借书。栖梧原先因为错过军训以及不寄宿的关系和班级的同学都不太熟悉，倒是因为在图书馆一起占座看书在同学中混了个脸熟和好人缘，嗯，适当的距离能够产生美。

接下来的几天假期，一行人在北京城转了转，避开了去长城、故宫那些人山人海的地方，穿梭各种胡同里和美食街，吃了炸酱面、卤煮火烧、苏造肉、羊蝎子火锅、焦圈、驴打滚、爆肚，还喝了豆汁，不过味道却不是那么令人习惯。

李禾蔓带着相机，一阵胡乱拍，最后整理相册的时候，发现有好几张抓拍何栖梧的照片照得挺好，一时兴起就一起打包抄送到了顾希武的邮箱。不为别的，就想硌硬他，告诉他，没有他的生活，栖梧照样过得很开心。你顾希武算个屁。

假期的最后一天傍晚，何栖梧跟何妈一起送何爸去火车站，依依不舍了一番。何妈叫何爸一路睡到 Y 市回家休息半天再去公司上班，不要太累了，每天一日三餐都要吃好了，不要生病，说着说着便说不下去了。

何栖梧红着眼跟她爸拥抱："爸爸，我会想你的。"

"傻丫头，哭什么？爸爸到时候请年假再过来北京就是了。栖梧啊，你好好的，我才放心。"

何栖梧哭着点头。

何爸差点没忍住流泪，好在这时候通知检票，何爸才拖着行李箱去排队检票。

送走了何爸，国庆节假期也结束了。

11 月，李禾蔓打来电话，问栖梧 17 日晚上要不要跟她一起去北京郊区等流星雨，原来 11 月 18 日凌晨会有狮子座流星雨。上次狮子座流星雨是在八年前，那时候的栖梧还很小，并不懂得流星雨的概念，更不会去关注。长大后，她还曾经遗憾过自己都没对着流星许愿过，一想到现在终于可以如愿以偿了便激动答应。

那天是周二，何栖梧下午要参加姚蕙兰老师的读书会，要讨论王维的诗，结束的时候已经快四点了，李禾蔓打来电话让何栖梧在校门口等她。而远在上海的顾莱也为这场流星雨做好了准备。

何栖梧等了片刻，一辆白色的七座商务车停在了面前，李禾蔓从车里下车，帮何栖梧拿了书包，里面是一些零食。

李禾蔓上下打量了下栖梧："晚上很冷，你穿得还是很单薄，还好我给你带了毯子。"

"李禾蔓，头一次见你这么照顾人的，她是谁啊？"车里又下来一个男生，笑起来坏坏的。

李禾蔓搂着何栖梧的肩膀，骄傲介绍："我的小青梅，怎么样？是不是女神级别的？"

"是。"车里的另几个男男女女异口同声回道。

李禾蔓一一给栖梧介绍："占芮文、叶夕、夏怡然、简魏、高宇。"

那个坏笑的男孩子就是占芮文，是李禾蔓加入的摄影学会的会长，现在读大三，平日里为人热情仗义交了不少朋友，是个地地道道的北京人。这次的活动也是他组织的，他是司机，其他人都是摄影学会的人，除了简魏是李禾蔓从禅学社拉来的，他们是老乡并且还是初中同学。

何栖梧觉得简魏这个名字挺耳熟的，后经李禾蔓提醒，才想起来，这可是今年 Y 市的理科状元啊，何栖梧很想摸摸他沾点知识的味道。

　　不过后来李禾蔓说简魏虽是天才，奈何情商不够，鄙视左右逢源的人，目光中自带一份清冷与孤傲。

　　何栖梧纳闷："那你还跟他玩？"

　　"因为我觉得他闷头不说话的时候很像一个人。"

　　不知为何，何栖梧想起了仲锡遇，她还以为李禾蔓已经释怀了呢。

　　当然这些都是后话了。

　　彼时，何栖梧上车后，坐在李禾蔓身边，一行人先去吃了个火锅，大家都很友善热情，所以何栖梧很快就与他们混熟了。

　　因为城市的光污染严重，所以才要去郊外视野开阔的地方等流星，当然摄影学会的会长给会员布置了任务，那就是拍照。

　　北京天气晴好，星空璀璨。

　　夜里，大家分工合作，搭帐篷的搭帐篷，生火堆的生火堆，忙完了后大家围着火堆坐着，煮拉面、聊天打发时间。何栖梧低头和顾莱聊着 QQ，顾莱说上海天巨冷，她快冻死了，还给何栖梧传来了自己和顾希武的合照。何栖梧点击保存到手机，下一秒手机就被夺走了，李禾蔓拿着何栖梧的手机翻了翻，把手机相册里关于顾希武的照片都给删了，其实也没有几张，又检查了一遍有没有漏网之鱼后，她才把手机还给何栖梧。

　　何栖梧并未生气，相反，李禾蔓却是胸腔里升起一股怒火，碍于在场的外人多不便发作，一边自行消化一边拉着何栖梧到旁边说话，压低了声音问："你自虐啊？现在还保存他的照片做什么？"

"做不成朋友了，能这样看着他的照片也很好啊。"何栖梧说得理所当然。

"栖梧，人生中的路应该是往前走的，你这样停滞不前是不行的。"

"我知道，我都知道。可是，他是我放在心里那么多年的人，我真的做不到不去关注他。也许只有他日后和别的女人结婚了，我才能得到解脱才会彻底死心。"

"我讨厌顾希武，我讨厌他这样折磨你。"

"可是蔓蔓啊，这个世界令我如此眷念，也只是因为他还在这里啊。"

所谓爱，也必须包括他的渐行渐远。

李禾蔓觉得自己的心被重物猛击了一下，麻得她想哭，怎么就突然这么难受了？

看到李禾蔓晶莹的眼泪，何栖梧慌了神，自知说错话了，忙紧张道歉："对不起，蔓蔓，我不是故意这么说的。"

李禾蔓用手擦了擦脸，缓了缓激动的情绪，哽咽着声音说："不怪你，不怪你。怪他自己。"

一句"怪他自己"道出了李禾蔓心中满腔的悲怆。

一个人如果不好好活选择死，谁也拦不住。

有很长一段时间，李禾蔓都在想，为什么呢？

何栖梧尚且因为顾希武而眷念这个世界，想要好好活下去。

仲锡遇为什么就不能因为某个人而活着？

即便那个人是栖梧，她也能接受啊。

再次回到火堆旁，何栖梧和李禾蔓神色如常，冷风吹干了眼角，没有留下丝毫的痕迹。

简魏原先低着头在玩手机，听着旁人在说话，一副心不在焉的样子，但是看到李禾蔓后，他的眼睛立刻变得神采奕奕，僵了的嘴角淡淡地噙着笑。

"跟你的小青梅聊什么呢？说了这么长时间？"简魏问。

李禾蔓摇头，牵强地笑："没什么。"随后认真听占芮文聊起他高中班上活宝的趣事。

"……那时我们班的语文老师长得真的好美，就像高圆圆，我们每次上她的课都特别认真……有个活宝，有一天老师喊他名字回答问题，活宝站起来说：'老师，某某某今天没来。'我们大家都惊呆了，只听老师无比淡定地说：'那你来回答这个问题吧。'……"

等待永远都会令人觉得时间过得异常慢。

李禾蔓让何栖梧先回帐篷睡会儿，流星来了，会叫醒她的。

何栖梧点点头，拿了毯子回了帐篷。

不知睡了多久，外面发出了惊呼声，何栖梧一下子惊醒，几秒后，李禾蔓在帐篷外激动地喊她起床。

何栖梧裹了毯子，出了帐篷，望着天空，那些瞬间划过的流星，让她欣喜落泪。

她心无旁骛地闭着眼许愿，末了在心底无声地说："顾希武，我也是个看过流星的人了，可惜你不在我身边。"

顾希武，你就像这漫天的星辰，遥远神秘，只能喜欢却不能收藏。

这场狮子座流星雨一直到五点结束，一车人急急忙忙收了帐篷埋了火堆返回市区，因为大家上午都有课。

那次之后，何栖梧有很长时间都没有再见过李禾蔓，大家都有了自己的生活，自己的朋友圈子，忙着准备英语四级考试，参加元旦晚会以及期末考试复习。

何妈不想让何栖梧经历春运，便让何爸来北京一起过年。

没有回家过年的还有李禾蔓，大家都有些感慨这小半年时光过得飞快，眨眨眼新的一年又来了，而她们也已经适应了在北京的生活。

顾莱已经放假在家，她打来电话问何栖梧什么时间到家。何栖梧告诉顾莱她今年不回 Y 市，顾莱无比失落地挂了电话。

除夕那日，顾莱发来短信说她跟顾希武一起去看了仲锡遇，当时李禾蔓正在她身边包饺子。那时仲锡遇的葬礼，顾希武和顾莱都参加了，李禾蔓不肯面对现实所以没有去参加，连仲锡遇的墓在哪里她都不想知道。

其实何栖梧跟李禾蔓在一起时真的很少提起仲锡遇，那个看流星雨的夜晚是个意外，却也叫何栖梧知道，仲锡遇始终都还在李禾蔓的心里，她并没有放下他，提及他，依旧会泪流不止。

人的悲伤与难过，有一些是可以通过时间来淡忘的，但有些就不可以。

比如仲锡遇的死。

比如顾希武的背离。

大概是逃避，李禾蔓之后总是借口学习忙不回 Y 市，她父母也只好迁就她，跑来北京陪她。后来，何栖梧才知李禾蔓是真的学习忙，她想用三年的时间修满了学分，然后准备第四年出国读研的事情。

而何栖梧也很忙。

新学期刚开学，何栖梧学着在小说网站写起了小说，用虚拟的人物写起自己初中高中的回忆录,有了之前半年读书写文章的积累，她现在写个几千字都是信手拈来，没有任何难度。

何栖梧每日保持两千字的更新，无人问津，她也不在意，后来随着字数的增多，她的小说下面也有了些催更的留言。何栖梧每条留言都回复，这让她更加有了写下去的动力。刷论坛的时候，她发现了一些出版编辑留下的收稿邮箱，何栖梧挑了个温暖的编辑名字，加了 QQ，并按照编辑发的征文信息准备了大纲和三万字的正文稿件。没承想经过了漫长的初审、二审和终审。她竟然在自己生日那天收到了小说过终审的信息，那一瞬间她都蒙了，感觉像是在做梦，直到寄出了出版合同后才觉得有一丝的真实感。

那年暑假，她就留在了北京写稿子，正好有了不回 Y 市的理由。

何爸何妈一开始并不赞成栖梧如此累，可是栖梧非常坚持，所以他们只能尽力照顾好她的身体，看住她不让她熬夜。

一年之后，她的小说终于出版了，可是她没有告诉顾莱，只给了李禾蔓一本样书。

大千世界，茫茫人海，有个叫阿树的作者开始每年都出一本关于暗恋的书，那里面的主人公多多少少都有曾经出现在她生命中的人的影子。看着自己写的故事——成书，栖梧觉得即便现在死去，也不留遗憾了。

这似乎是最好的一种方式，把爱你写进小说，真真假假，分辨不清，那些不能说的心事，都变成了文字，遍布各个角落。

大三上学期，顾莱告诉何栖梧，顾希武和陆怡复合了。

何栖梧笑说："你当时还看不上陆怡，觉得她就是顾希武生命中的浮云，现在是不是觉得被啪啪啪打脸了？"

顾莱愤愤道："我都想跟顾希武绝交了，他看人的眼光实在太差了。"

何栖梧附和："没错。"

两人都笑开了花。

何栖梧在心里对自己说："该死心了。"

她将高三那年顾希武发来的邮件全部删除，表明决心，愿意将曾经视若珍宝的东西舍弃掉，是不是就代表她能很快忘记他？

又过了半年，顾莱打来电话很激动地说："他们分手了，顾希武骑行去西藏散心了。"

"为什么分手？"

"陆怡太作了，上下课都要顾希武接送，谁受得了？"

"哦。"

"你就哦一下，不发表下看法？"

"反正他们已经分手了，我就没必要发表看法了。"

"栖梧，今年暑假你还是不回来吗？"

"嗯，我找了家单位实习。"

"你这么快就实习啊？"

"积累经验嘛。"

挂了电话后，何栖梧觉得身心轻松，也许是因为顾希武恢复单身，也许是因为她想起那年对顾希武说起的宏图大志，此时她正一步步朝着想要走的路努力着，能做自己喜欢做的事情是一件很幸运的事情。

李禾蔓在大三结束时拿到了去英国的签证，她要去那边读一年书。她没有告诉栖梧那个跟她一起加入禅学社的简魏也一块去，这几年诚然简魏有表现出追求她的意思，可是她扪心自问根本就没做好接受另一个人的准备，很怕栖梧劝她接受简魏，干脆就隐瞒到底了。

3月，正是乍暖还寒的时候。

顾莱说要飞来北京看何栖梧。何栖梧正在准备毕业论文，写得已经差不多了，可以陪顾莱玩，但是一场突如其来的病毒性感冒让她住了院。

何妈怪她一直写稿子，让自己太累，拖垮了身体。栖梧无力反驳。

顾莱飞北京的那天，何栖梧还在住院，不过她已经退烧了，只是身体各方面还不稳定，还需再住院一段时间。在她住院的当天，她就已经告诉顾莱了，言下之意是你现在来北京我也没办法陪你出去玩了，可以下次再来，但顾莱就像没听懂她的意思一样，没有改变计划。

何妈找了护工陪着何栖梧，自己去机场接机。

顾莱一路过来都心事重重，心不在焉的。

走进何栖梧的病房，顾莱看到她那蜡黄的脸，心痛得流了泪。

何栖梧笑了："你哭什么啊？"

顾莱破涕而笑，用手抹了抹眼泪："不好意思，没忍住哈。"

何妈去单位处理点工作，把病房留给了顾莱和何栖梧，好让她们多说说话。

"你知道我昨晚陪谁喝酒了？"

"谁啊？"栖梧好奇地问。

"就徐冬啊，她之前在中山大学，最近有空就跑来上海玩。昨晚我们约见面，聊了很多，她现在说话都一股香港人的口音，她好厉害，花了四年时间读了本科和硕士，下半年去英国读博了。"

何栖梧惊呼："以前我也没觉得她多厉害啊。"

"是啊。想想我们，真是人比人气死人啊！"

顾莱顿了顿，状似无意地提起："对了，顾希武被保送直博了。"

何栖梧的脸僵了僵："是吗？那恭喜他了。"

"栖梧啊，其实顾希武……"

顾莱张了张嘴，却始终没法继续说下去。面对何栖梧那一脸期待她继续说的样子，顾莱最终咬咬牙，将那个巨大的秘密咽进了肚子里。

"顾希武啊，他现在一个人。"

何栖梧反问："那又怎样呢？"

"我知道他喜欢你，但他既然不能走向你，你就走向他，你们两个人总要有一个人妥协啊。"

何栖梧沉默了半会儿，才说："顾莱啊，你们都觉得顾希武喜欢我，可我从来都没有亲耳听他说过，从他所做的那些事来看，他也不像是喜欢我，他对我所有的好，付出的耐心，也许只是因为我曾经是他最好的朋友，仅此而已。过多地臆测，才会让我们这样不开心。"

栖梧，我听到了，我听到他在醉酒后承认喜欢你，很喜欢很喜欢。

是真的，这不是臆测。顾莱在心里默默想着。

她为什么在听到栖梧住院后还是执拗地来北京？

若不是顾希武说出来，顾莱根本就不知他们当年约定了要一起来北京读书，而当年顾希武放弃北大去了上海交大一直是个不解的谜团，现在顾莱也终于明白了原因。

但是这些，何栖梧一无所知啊。

她来北京是想告诉栖梧这个原因，可是在见到栖梧躺在病床上脆弱得跟她说话都需要用很大力气的时候，顾莱开不了口。

何妈再次出现在病房里，手里拎着外卖的袋子，顾莱陪着栖梧吃了点，便要告辞了。

栖梧让何妈带顾莱回家，顾莱忙说自己已经订好了酒店，离这儿不远的。

翌日，栖梧收到顾莱短信，她说她要回上海去了，现在在机场。

何栖梧回过去电话，问她怎么这么急着回去？

"我来北京就是想看看你，现在看到了，也该回去了。栖梧，好好养身体，下次见面我们大概都回到 Y 市了。"

"好，到上海了给我发短信报平安。"

"我会的。"

"就不祝你一路顺风啦，因为飞机要逆风飞啊。"

因为心脏的关系，她这辈子是坐不了飞机了，有些遗憾。

辗转一夜未睡，何栖梧一直都在想一个问题，为什么顾莱会说顾希武不能走向自己？但她到底没有问顾莱，因为她始终觉得有关顾希武的事情都该翻篇，自己不应该再继续纠缠下去了。

顾莱坐在机场咖啡店里，点了一杯黑咖啡。

思绪回到了两周前，与顾希武约吃饭的那个夜晚。

席间，顾莱告诉他，她要去北京找何栖梧玩。顾希武听到何栖梧的名字一声苦笑，喝了很多酒，最后在醉酒后向顾莱吐露了这四年来他一直深埋心底的秘密，他太需要一个倾诉口了，不然他觉得自己快要被逼疯了。

"顾莱，阿遇死时，警察没有发现他留有任何遗书，在他宿舍里发现了抗抑郁的药，只当他是因为受不了家庭的压力而自杀。可是在高考结束的那天，我的邮箱收到了他定时发送的邮件。"

顾莱睁大了眼睛，不敢相信："他说什么了？"

顾希武低头，打开手机中的邮箱APP，进入已经弃用多年的邮箱，找到仲锡遇的邮件后，将手机递给了顾莱。

亲爱的小武：

当你看到这封信的时候，你应该刚刚结束高考，正准备计划去哪里好好旅游放松一番。我很抱歉，让你收到了这样一封信。

你知我一向话少，可是人之将死，很可笑，我却发现自己有很多话想说，而我也只能写信给你。

十三岁起，成为你的兄弟，是我人生中最幸运的事情。我性格自闭，你总劝我多说话，多交些朋友，可我却觉得朋友不需要太多，一两个真心的就够了。后来，栖梧、顾莱、李禾蔓这些竟然都成为我的朋友。

那些年里，你在我面前叽叽喳喳说了很多话，可是那些话里从来就不包括你对栖梧的感情，我并不知你对她的喜欢。当我告诉你我要对栖梧表白的时候，你一定很伤心，一个是你最喜欢的女孩，一个是你最好的兄弟。若是换成其他人，你早就跟他公平竞争了，可是因为我，你什么都不能做。

顾莱对你表白的那天，你和栖梧吵架，你终于对我承认你一直一直都很喜欢栖梧。

后来，我反复思考，我对栖梧的感觉真的是喜欢吗？

喜欢如你对栖梧，一直温暖陪伴；喜欢如顾莱对你，想要霸道拥有；喜欢如禾蔓对我，看所有她不感兴趣的球赛。

和你们的喜欢对比，我却觉得我所谓的喜欢其实只是一种寻求温暖的借口。

你知道的，我自小就缺少温暖，缺失母爱与父爱，才会造就我如今性格的不健全。

长久以来，我必须服用抗抑郁的药，因为我每次回家都有轻生的念头。对不起，从未对你说过这些，因为家庭是我永远难以启齿的话题。我这样的人还对这个世界有留恋，只因你们一直带给我的温暖啊。

栖梧生病的事情，我是我们这群人里最后一个知道的。李禾蔓对我隐瞒，我曾经一度很生她的气，可是后来想想，这就是喜欢啊，因为喜欢所以才会自私。

在你们去医院看望栖梧的时候，我其实也去了。我看到顾莱奔溃地瘫坐在地上，哭成了泪人。

那一刻，我就在想，既然我不想活了，既然栖梧需要一颗心，我为什么就不可以给她让她活下去呢？于是我便去红十字会签订了器官捐献协议，我告诉他们我有个朋友需要做心脏移植手术才能活命，人有旦夕祸福，说不定我以后能救她一命。自那之后，我便随身携带志愿者捐献卡，接受捐献的第一人选便是栖梧。我上网查过了，我和栖梧血型一致，体重也只比她多了二十多斤，我的心脏很适合她。做完这些事，如何死，这个问题一直困扰着我，我想过无数种可能，直到栖梧做了开胸手术，我知道她已经等不了了，所以，我便决定从学校教学楼跳楼。

小武，原谅我如此不尊重自己的生命。可是，也请理解一个抑郁症患者他的内心。

人生在世，他所在乎的不是家人，不是自己，只是一些周围的朋友，他盼他们都幸福都平安。既然自己的牺牲可以让大家都幸福，又何乐不为呢？

若说我唯一的遗憾，大概就是我没办法告诉李禾蔓，我有些喜欢她了。

这种喜欢是真的，我想和她一起走到永远，想要拥有她，想要亲吻她，想要和她一起组建一个家，我负责赚钱养家，她负责貌美如花。

但我配不上她。

这样的遗憾被带进坟墓也是不错的选择。

小武，如果栖梧得救，你就对她表白吧，不要嫌弃她，我祝你和栖梧能幸福！也希望顾莱终究释怀对你的感觉，找到自己真正的幸福。

多幸运，这些年你们陪着我一起走。

如果还有下辈子，再让我遇到你们吧。

阿遇绝笔

顾莱的心就像被东西堵住了一般，有些喘不过气来，周围的一切都变成了模糊的。

顾希武望着顾莱眼中晶莹的泪花："我其实分辨不清他说不喜欢栖梧是不是真话，还是只是为了让我能够心无芥蒂地和栖梧在一起。或许那是另一种深爱。顾莱，我曾和栖梧约定了一起去北京，可是最后我来了上海，你一直都好奇我们当年为什么会绝交，这就是原因。她觉得我背叛了她，后来，她还拉黑了我的QQ。我也顺势不再使用QQ，只用人人账号。我喜欢她，但是只要一想到她的心脏是阿遇的，我就不能好好面对她。我们的幸福建立在一个人的牺牲上，我们又怎会得到幸福呢？所以我不能走向栖梧，栖梧也不会走向我，我们就这样一辈子遥遥相望吧，不打扰便是我对她最后的深爱。"

"所以你才会跟陆怡复合，就是想要忘记栖梧？"

"那是因为李禾蔓对我说，既然不能在一起，就不要给栖梧留有希望。我觉得她说得很有道理。只有我真的放手了，栖梧才会死心。"

"你真傻，你们都很傻。"顾莱号啕大哭起来。

和顾希武分开后，顾莱蔫了很长一段时间才决定去北京找栖梧，告诉她这一切。可是到了北京，她就知道顾希武是对的，那么脆弱的栖梧如何承受这一切。她能活着，是因为仲锡遇的牺牲，而李禾蔓若是知道了，又该如何面对栖梧，是不是要心痛死。毕竟，那时候的仲锡遇已经喜欢上她了，他们差一点就能幸福了啊。

顾莱的思绪从回忆中抽离，看了看手机的时间，抿了口咖啡，准备登机。

她带着秘密来到北京，最终带着这个秘密又逃离北京，她庆幸自己终究忍住，没有告诉栖梧。

因为这个秘密是栖梧生命中不能承受之重。

而顾希武也早就想过，所以他才会一人承受痛苦那么多年。

　　这一年的初夏，顾莱给何栖梧打来电话，问她 7 月份的时候愿不愿意参加高中同学聚会。

　　顾莱爱热闹、爱八卦，像同学聚会这种充斥着炫耀与浮夸的场合，她向来是不愿意错过的。每次参加完，她都会把新获得的八卦消息事无巨细地汇报给何栖梧听，无非就是当年班上的几个班对分手了又和好了，某某同学嫁了个富豪生孩子了，某某同学刚结婚几个月就离婚了……诸如此类。

　　何栖梧觉得顾莱就是闲得无聊，含着金汤匙出生的顾莱生来就与别人不在一个起点上，别人努力拼搏一辈子的财富也不及她父亲给她的股份分红。投胎是门技术活，顾莱不知被多少人眼红着。

　　这些年，何栖梧因着生病，很是避讳见从前的同学，怕他们看出端倪，然后对她各种同情或是幸灾乐祸，她本能地想要拒绝。

但是顾莱在她说不去之前就抢先开口："这次顾希武也答应要来的。"顾莱的声音里带着惊喜与雀跃。

何栖梧怔了怔，疑惑："他从前不是一直都不参加同学聚会的吗？"

顾莱沉默了片刻，才回："大概是因为我骗他说你也会来参加同学聚会，所以他考虑了一番就答应了。栖梧，你们已经有五年没有见过了，难道真的不会难过吗？"

何栖梧没忍住红了眼，怎么会不难过呢？可是又有什么办法呢？

"好，你把时间和地点发我微信上，我到时候一定去。"

"行，那天我会去你家接你。"

挂了电话后，栖梧有些恍惚，在房间里发了会儿呆，才走出房间。

五月天，窗明几净，阳光正好。

栖梧去阳台上给她买来的那些花花草草浇水。何妈正在准备午餐，她这几年因为栖梧的身体原因学会了煲各种各样非常耗时间的汤，给栖梧补身体。何爸则在公司值班，也是因为栖梧的身体原因，他在工作上积极了许多，比以前多了份上进心，这让何妈多多少少有了些安慰。

栖梧浇完水，除了除一些黄叶子、烂叶子后看了看手机时间，拿上自己的外套偷偷出门去了。

今天是母亲节。

栖梧昨天在小区门口的花店订了一束花，加上她之前让顾莱去欧洲的时候帮忙带的一套高档护肤品，权当是何妈今年的母亲节礼物了。

这几年，为了给栖梧省点医药费，何妈都不跑美容院折腾了，护肤品也用的都是些便宜货，好在她底子不错，就算保养不得当，脸上也没多长皱纹。

外面柳絮纷飞，跟棉花似的。

栖梧捂着口鼻，走到了花店。花店小妹因着母亲节接了许多单忙了一上午，正巧栖梧过来，她也抽空休息会儿。

她俩年纪相仿，栖梧爱花，又是花店常客，所以一来二往便成为朋友了。

"栖梧，你谈男朋友了吗？"

"没有啊。"何栖梧有些莫名其妙，"怎么这么问？"

"你长得这么好看，怎么会没男朋友呢？"花店小妹一脸困惑。

"我胖成这样了，还好看啊？"

花店小妹诧异地问："你哪里胖了？你现在这样是标准身材啊。"

栖梧淡淡笑了下，没再说话。

店里新到了一批薰衣草和玫瑰花盆栽，栖梧蹲下来挑选。

她面上寻常，其实内心早已百转千回。

因为吃药的缘故，她比以前胖了太多，虽然在别人看来这是胖，但其实那是肿，一旦停药就会恢复，同时也会在身体上留下恐怖的痕迹。不过显然，栖梧这辈子是没有停药的机会的。好在她天生骨架小，所以就算肿了，也并不难看，但栖梧每次站在全身镜前还是会很沮丧失望。

花店小妹觉得她现在美，那是因为花店小妹没有看过栖梧从前的样子。

挑了两盆薰衣草和一盆粉色玫瑰花盆栽，花店小妹给她用方便袋装好递给她，栖梧付了钱，拿上白玫瑰花束就离开了。

半路上，栖梧口袋里的手机在振动，她放下方便袋，腾出一只手拿出手机。

看了看屏幕上显示的人名，栖梧无奈地叹了口气。

她妈这些年把她当金当宝，对她束缚太多，虽然知道这是因为爱，但她常常觉得很压抑。

"喂？"

"何栖梧，你去哪里了啊？"何妈着急的声音传入耳中。

"给我五分钟，我就到家了。"

栖梧有些烦躁地挂了电话，手酸得不行。

突然身后多了一个人："我来帮你拿。"

熟悉的声音，久远得好似上辈子的事情了。何栖梧震惊地看过去，果真是李禾蔓。

栖梧欣喜："你怎么回来了啊？"

"觉得是时候了，就回来了啊。"李禾蔓浅笑着。

当初离开这座城市的时候，她曾觉得自己再也不会回来了。

还回来做什么呢？她那么喜欢的男孩子，这座城市都没有好好留住他。

他是她穷极一生都没法拥有的人，多心酸。

她也曾以为时间抑或是这个世界上的任何东西都不能帮助她治愈心中的伤口，可是现在，她知道自己错了。

时间也许不可以，但是爱可以。

爱让她决定不再逃避，爱让她变得勇敢，爱让她挥别了痛苦不堪的过去。

所以，她回来了。

两人边慢悠悠地走着边聊天，气氛倒也轻松。

"回来几天啊？"栖梧问。

李禾蔓看向栖梧，笑说："我以后都不走了。"

"那你北京的工作呢？"

"辞了。"

"可惜了。"

"我要去 Y 大附中教书。"

"这么棒？"

"栖梧，我谈了个男朋友。"

栖梧停下了步子。

李禾蔓走了两步路，回过头来看栖梧："怎么？你不替我开心吗？"

"你终于走出来了吗？"

"是的。就突然有一天，我想通了，不再悲伤难过了，也不想再逃避了。逝者已矣，生者当如斯。虽然我现在还是会想到仲锡遇，但是我再也不会痛得死去活来了。"

"这样……"栖梧一度哽咽，"挺好的，我替你开心。"

李禾蔓走近，腾出一只手给栖梧抹了抹眼泪："傻瓜，你哭什么啊？"

"不知道。"栖梧破涕而笑。

两人回到栖梧家，何妈从厨房里探出头来，李禾蔓眉开眼笑地走过去："干妈，我回来啦。"

"蔓蔓，"何妈大感意外，"什么时候回来的啊？"

"昨晚到家的。"

"干妈，今天母亲节，我给你准备了礼物放家里了，我等会儿回去拿来。你看，你的宝贝女儿栖梧特地给你买了花呢。"

栖梧将玫瑰花束递给她妈妈。

"谢谢我的女儿们。"何妈感动得差点落泪。

何妈找了花瓶，让栖梧把玫瑰花插好用水养起来，她还留李禾蔓在家里吃饭，李禾蔓自是没有客气。

"你知道仲锡遇的墓在哪里吗？我想去看看他。"李禾蔓问栖梧。

栖梧点点头，瓮声瓮气地道："知道。"

"你陪我一起去吧。"

"好。"

翌日是个艳阳天，气温升了七八度，像个夏天的样子了。

李禾蔓开车载着栖梧去了随园路墓地。

从北京回Y市后，栖梧身体最差的时候，曾经去仲锡遇的墓前看望过他。

因为那段时间，她总是会想起仲锡遇，总觉得自己也许不久于人世，很快就能见面了。而死亡是什么样子，她其实还是很害怕的。

而仲锡遇是她认识的人里第一个在那么年轻的时候就死去的，栖梧真的替他感到惋惜，她总觉得他至少应该要幸福过才离开。

有时候，栖梧庆幸她没有见过仲锡遇最后的模样，所以这些年的伤心难过也会模糊一点。

一路上安安静静的，李禾蔓专心注意路况，栖梧看着窗外，试图找些话题打破这份沉默。

然后，栖梧就想起来一件事："听顾莱说，仲家收养了一个孩子。"

"是吗？"李禾蔓语气平平。

栖梧自顾自地猜测："经过仲锡遇的事情后，他们也该得到教训，会善待那个孩子的吧。"

"谁知道呢，希望如此吧。"

一个小时后，车子终于抵达随园路墓地。

栖梧还是两年前来的这里，虽有印象，但是两年时间里又多了许多墓，她费了好大力气才找到仲锡遇的墓。

栖梧把两束小雏菊放在仲锡遇的墓碑前，擦了擦墓碑上的照片。

李禾蔓死命地压抑着自己的情绪却终究还是败了，她的眼泪流得稀里哗啦。

栖梧静默在一旁。

时间一点一点地流逝，李禾蔓的情绪慢慢平复下来，然后对栖梧说："走吧。"

栖梧"嗯"了一声。

在李禾蔓沉默的时候，她大概在心里对仲锡遇说了千句万句的话。

回去的路上，栖梧欲言又止，最终问出口："你男朋友也是这个城市的人吗？"

"是啊，他是我初中同学，后来我们考上了同一所大学，他总是死皮赖脸地缠着我，从前我总是看不上他，后来居然渐渐地习惯了他的存在，也是奇怪。"

"没什么奇怪的，陪伴是最长情的告白啊。"

"或许是的。改天我和他一起请你吃饭，你帮我把把关。"

栖梧开起玩笑来："好，让他好好贿赂我，我吃饭很挑剔的。"

李禾蔓笑了："我会转告他的。"

"蔓蔓，你一定要幸福。"栖梧无比郑重地说。

"你呢？顾希武还没被你拿下吗？"

栖梧有些生气："好端端的，干吗要提到他？"

李禾蔓不放过她，追着问："你们互相喜欢，为什么不在一起？"

"那是很久之前的事情了，况且谁规定喜欢就要喜欢一辈子，中途换人是常事。而且我现在的情况，就连一个普通人都配不上，何况是顾希武。我干吗要去祸害他？"栖梧垂头丧气起来。

这话李禾蔓不爱听："你什么情况？你好得很，怎么就会祸害顾希武了？何栖梧，你不要老是把自己想成病人。"

"你知道的啊。"栖梧感到很难过，有些话她说不出口，但是她知道李禾蔓是知道的。

"我相信顾希武是不会在乎这些的。"

"我在乎。就算他回来找我，我也不会接受他。"她吃着激素药，没办法给顾希武生孩子，顾希武是家中独子，他的父母又怎么会允许自己的儿子娶个不知道能活多久的女人回家？

对于栖梧来说，她的未来要比常人短很多很多，悲剧色彩要更浓重一些。

她觉得自己对于任何人来说都是一种负担。

好比她每次忘记吃药的时候，何妈着急上火起来都要把她骂个半死。那是她亲妈，她亲妈有时候都觉得她是累赘，更何况是别人呢？

这一年的同学聚会是顾莱做东，她负责联络同学和订酒店。

日期就定在了 7 月的第一个星期六晚上，方便在外地上班或者读研的同学能有足够的时间赶回来。

顾莱知道李禾蔓回 Y 市了，便让栖梧也邀请了她，李禾蔓欣然同意，不为别的，就为了看看顾希武如今的样子。李禾蔓把这件事说给她男友听的时候，她男友居然说他听说过顾希武，要知道她男友当年是省 Y 中的学霸，可见顾希武当年有多出名。

何栖梧正在为同学会那晚穿什么衣服而发愁的时候，何妈说要带她出去买衣服。她们在商场逛了几个小时最终决定买下那条比较正式端庄的白色裙子，然后搭配了一双藕粉色的尖头平跟凉鞋，长长的头发披下来，脸上略施粉黛，就已明艳动人。

开车回去的路上，何妈问栖梧："当年你生病住院，那个来看望你的男孩也会去吗？"

"妈。"栖梧有些紧张。

"你还喜欢他吗？"

　　栖梧一下子红了脸："你怎么会知道？"

　　"他来看望过你后，你哭得那么伤心，跟我说你想活下去，我想，就是为了他吧。"

　　栖梧觉得何妈说的这话真的太熟悉了，陡然想起，为了顾希武活下去，这心里话她曾经写在日记本里。

　　她瞪大了眼睛，生气地问："妈，你是不是偷看过我的日记本？"

　　何妈也坦诚，直言："是啊。"

　　栖梧无语，气疯了。

　　何妈继续说："那时候我得知道你心里在想什么啊，我怕你会自杀，很多个夜晚我都睡不着。直到看到你那么想要为了那个男孩子活下去，我就放心了。"

　　难怪那些日子里，她硬是要陪着自己睡，原来是怕自己会做傻事。栖梧有些哭笑不得，看了看她妈妈，心里的怒意消散了大半："好吧，我原谅你了。"

　　"栖梧啊，不要觉得你低人一等，你很好。如果你还喜欢那个男孩子，你就告诉他，然后，接不接受是他的事情。有些事情，你勇敢过了，以后才不会后悔啊。"

　　栖梧没有说话，微微低头，拨弄着自己的手指。

　　何妈转过头瞥了她一眼，知道她是听进心里去了。

　　转眼就到了约定的日子，下午三点，顾莱准时出现在栖梧家楼下，然后打电话给栖梧，让她下楼来。

　　栖梧和李禾蔓一起出现，顾莱看了看栖梧的这一身打扮，满意地竖起了大拇指，接着又看了看李禾蔓："好久不见了，李禾蔓。"

"好久不见，顾莱，你还是长头发好看些。"李禾蔓实诚地指出。

顾莱明艳地笑："怎么？我短发的时候很丑吗？"

"不丑，就是太彪悍了，现在这样看……嗯，淑女多了。"李禾蔓上下打量了她一番评价道。

栖梧在一旁乐见她们这样贫嘴。

其实人与人的缘分是很奇妙的，顾莱是栖梧最好的朋友，李禾蔓是栖梧的发小，可是顾莱和李禾蔓就是做不了好朋友，顾莱总说她们之间做好朋友太别扭了，总觉得有隔阂。

"快上车吧，外面热。"顾莱催促，亲自给栖梧开了车门。

顾莱每次约栖梧出去玩，都会不辞辛苦地来接送她。她的费心照顾，总是让栖梧感动不已。栖梧总觉得这辈子最幸运的事情之一就是能够成为顾莱的好朋友。

上车后，顾莱把她的手机丢给栖梧，让栖梧帮着盯着微信群里的信息。

这些天，顾莱将要参加聚会的同学们都拉进了一个微信群里，栖梧和顾希武也在，不过他们是属于不说话的那种人。有时候他们的这些同学聊得欢了，第二天醒来，栖梧就能看到消息显示有一千多条，荤段子什么的都有，大家到底都是成年人了，该懂得的都懂，这些年多多少少受网络影响变污了。

到达酒店后，顾莱直接把车钥匙递给酒店泊车员，然后挽着栖梧的手坐电梯到四楼包厢，包厢里一个同学都没到，顾莱她们是第一批。

酒店服务人员端茶递水，伺候周到。

李禾蔓挨着栖梧坐在沙发上，看着顾莱打电话催促一些同学快来，就是在这个时候，包厢门被推开了，顾希武就这样走了进来。他颀长的身影突然跃入眼帘，栖梧心惊了又惊，下一秒便端起茶几上的杯子喝水，故意不去看他。

"哟，还是你给力啊。"顾莱表示她很欣慰，来得早的都是跟她顾莱关系最铁的。

顾希武看了看手表上的时间，提早到了两个小时。

"反正在家无聊，就提早来了。"

顾希武坐在栖梧旁边的沙发上，略有些尴尬地跟栖梧和李禾蔓打招呼，李禾蔓微微笑着，礼貌回应，而栖梧眼都没抬，玩着手机，应得略敷衍。

顾莱看在眼里，心说你就装吧。

然后为了不冷场，她提议："四个人可以凑一桌掼蛋了。"

李禾蔓附和："行啊，不过栖梧好像不太会打掼蛋（J省、A省流行的扑克游戏）。"

顾莱坏笑："我们中间估计打得最好的就是顾希武了，就让他和栖梧一家吧，公平些。"说完也不管栖梧和顾希武是否同意，就喊服务员拿纸牌去了。

栖梧低头咬咬唇，给自己打气，告诉自己，她一定不可以在气势上输给顾希武。

掼蛋讲究配合，栖梧显然不想配合顾希武，故意捣蛋，但顾希武牌好，也就不管栖梧，把把先赢，搞得栖梧每次都要进贡最大的牌给他，甚是憋屈。

而顾希武享受着栖梧孩子气的迁怒，乐在其中。

五年的时间并不短，足够将一个青涩幼稚的人变得圆滑世故。

然而，栖梧似乎还是他记忆中的样子，简单纯粹，没有被世俗污染。

她被保护得这样好，他的心里或多或少有了些安慰。

打牌的气氛越来越和谐，本来何栖梧和顾希武因为尴尬话都很少，渐渐地，被顾莱和李禾蔓带动起来了。顾希武取笑她笨的样子，和记忆重叠，差点令何栖梧产生错觉。他们之间的空白真的存在过吗？那些年，何栖梧对顾希武的怨怪，似乎都变得模糊不堪，不再那么重要了。

旧时的同学陆陆续续地到来，牌局未分胜负，但是顾莱显然已经没有心情打下去了，总是输，也很伤面子的。她借口道："下次再来比胜负吧。嘻嘻。"

顾希武知道顾莱的小心思，眼下他和栖梧在打 A，虽然输了一次了，但是这把他的牌好，炸弹和同花顺都比较大，就等着放栖梧水，让她先赢，然后这局就是他们胜出了。显然，顾莱也预测到这结果了，才会耍赖。

顾莱丢下他们，起身给刚进包厢的同学一个热情的拥抱，两人神神秘秘地贴耳说着悄悄话，下一秒就不顾形象地大笑起来。

打牌打到一半就结束了，李禾蔓倒是无所谓，放下了手中的牌。

而栖梧满脑子想的是，还有下次吗？

这样的一次就已是五年的等待。

正在出神的时候，何栖梧的肩膀上突然多了一只手，她吓了一跳，霎时寒毛直竖。

顾希武轻蹙眉头，微微不悦，看向栖梧身后的人，目光变冷了。

何栖梧转过头看到了一张熟脸，只见那人面部表情夸张地道："何栖梧，你和顾希武真是同学会的稀客啊。"

何栖梧僵硬地笑了笑，努力在脑海中回想这人的名字。但是，脑袋里一片空白，就是想不起来了。

面对何栖梧困惑的表情，那人有些失望："不会吧，何栖梧，你不记得我了吗？"

年代久远，何栖梧刚准备说对不起，顾希武就插话："当然记得你，沈渝西嘛。"

经他这么一提醒，何栖梧顺势说："你变得这么好看，我都差点认不出你了，沈渝西。"

"是吗？谢谢啦。"沈渝西有些不好意思地捂嘴笑。

何栖梧点点头，在她看来，现在的同学每个人都比以前好看多了。时间似乎把每个人的棱角都打磨得更精致了，只除了她。

沈渝西随意地坐在了原来顾莱的位子上，看着顾希武说："我们之前还在说你到底来不来呢，后来又觉得只要何栖梧在的地方必然都少不了你顾希武啊。"

她如此想当然地说着，倒是让何栖梧听得有些尴尬。

李禾蔓眼睛一眨不眨地盯着沈渝西的下巴看，总觉得很奇怪。

"你们打算什么时候结婚啊？"沈渝西好奇地问。

何栖梧觉得无语，这都哪儿跟哪儿啊。

顾希武紧抿着唇，更是不言一发。

李禾蔓差点没忍住翻白眼。

顾莱及时出现，一脸不高兴："沈渝西，你那么八卦干什么？时候到了自然就结婚了，要你操什么心？行了行了，到那边玩去吧。"

沈渝西有些丢面子，但碍着那是顾莱，也没好发作，尴尬地笑了笑，起身离开，加入了另外一边的女生团聊天去了。

"别理她，整容后就以为自己美若天仙了，等过个几年看她还笑不笑得出来。"顾莱鄙视道，顺便偷偷给了李禾蔓一个眼神示意，让她帮着转移下话题。

李禾蔓"啊"了一声，激动地说："我就说很奇怪啊，她的下巴太尖了。"

"不仅是垫了下巴，还去埋了双眼皮线，磨了腮帮子。"

"也是对自己狠心啊。"李禾蔓突然起了敬重之心。

顾莱热络地跟李禾蔓讨论起班上还有谁整了容。

顾希武嘴角含笑，静静听着。

栖梧扫了他一眼，从包里拿出手机，低头玩手机，以掩饰自己郁闷的心情。

说者无意，听者有心。

也许很多人都跟沈渝西一样以为她和顾希武高中毕业后会在一起吧。

顾莱来解围是不想给别人留下茶余饭后的谈资，栖梧自己没有解释，是想让这个美丽的误会一直存在着。而沉默的顾希武心里是怎么想的，是否也如她一样，不愿意让别人知道，他们并没有在一起。

　　六点钟的时候，同学们都来得齐全了，大家都纷纷入座。

　　三桌人，满满当当的，也就是顾莱的面子大，她大大咧咧的性格在高中时期积累了很好的人缘。

　　栖梧有些心不在焉，因为顾莱把顾希武安排坐在了她的旁边，然后，一晚上，她眼角的余光里就都是他了，是那样的身不由己。偶尔她似乎都能感受到顾希武的呼吸。

　　李禾蔓中途接了个电话就提前离开了，说是男朋友明天要出差，要来接她。她走之前关照顾莱要安全把栖梧送回家，顾莱拍着胸脯保证，让李禾蔓放心。可是人在江湖身不由己，顾莱作为今天的东道主，自然成为大家灌酒的对象。

　　她酒量虽然不差，但是来敬酒的多了，也就多了份醉意。

　　席上大多数女生都喝的是啤酒，只有栖梧喝的是顾莱特地叫服务员端来的一扎西瓜汁。顾希武坐在栖梧身旁，也不客气地与她一起喝起了西瓜汁，要是别的男生这样，早就被灌酒了，但因为他是顾希武，没人敢这么做。

　　所以酒过三巡后，顾莱张罗着下一个 happy 地点的时候，把送何栖梧回家的这个重任很自然地交到了顾希武的手上。

　　她把车钥匙交到顾希武手上，顾希武并未拒绝。

　　栖梧不愿意："我可以打车回去。"

　　"这么晚了，我不放心，你乖啊。"顾莱喝多了，说话总是会带有些宠溺的意味。

　　"你也早点回家。"栖梧叮嘱。

顾莱给栖梧抛了一个媚眼："放心，么么哒。"说完就要凑过来亲吻栖梧，被顾希武一把拉住了，他挡在两人之间，对顾莱说了声："什么坏习惯？喝醉酒就拉着人乱亲。"随即拉着何栖梧离开了。

顾莱在他们身后笑开了花。

很久很久之前，她借着喝醉酒壮胆亲了顾希武，当着何栖梧的面。

她很清醒，却不得不装醉。事后，只说自己有喝醉酒亲人的习惯。

也只有何栖梧知道，她没有这个习惯，只是当时太喜欢了，太情不自禁了。

顾莱跟着大部队去了隔壁商场的KTV，开了间特大包厢。

留下来唱歌的有二十多人，大家兴致勃勃，点了不少酒水，誓要不顾形象地喝成烂泥。

顾莱趁着去洗手间的间隙，给李禾蔓打去电话，感谢她今天如此厚道仗义。

李禾蔓笑问："顾希武送栖梧回家了吗？"

"是啊。你呢？你去哪里了？"

"已经洗完澡躺在床上了。"

顾莱有些不好意思地说："对不起啊，让你撒谎，但是如果不这样做，顾希武就不会有跟何栖梧单独相处的机会的。"

"我知道。只是，顾莱，你疼不疼？"

"已经……不疼了。嘿嘿，都麻木了。"顾莱嬉皮笑脸着。

"傻姑娘。"

李禾蔓和顾莱永远做不成朋友，并不是因为缘分不够。而是，顾莱没办法让别人了解的心情，只有李禾蔓知道，只有她懂。

栖梧一直都以为她对顾希武已经死心了，只有李禾蔓知道，她
不是死心，而是心甘情愿地退出。

虽是市区限速，但是顾希武却把车开得跟蜗牛似的，引得后面
的车忍无可忍直接超车，他看着后视镜，嘴角挂着淡淡的笑，心情
极好。

他希望回家的路远一点，路况堵一点，这样他们相处的时间也
就长一点了。

何栖梧显然并未注意到这些，她的耳朵里塞着耳机，将嘈杂的
一切都隔绝在了她的世界之外，包括顾希武。

她觉得很难过，她和顾希武曾经无话不谈，如今坐在一起，却
是什么话都说不了。

不知道要说些什么，才能让彼此不尴尬。

——那该死的空白的五年。

"栖梧，我明天就走了。"

没有回应。

他将她的耳机拿掉，何栖梧如惊弓之鸟，用困惑的眼神瞅着他。

"怎么了？"

"没事。我想问你在听什么歌，老是戴耳机听歌耳朵会不舒服，
放出来让我也听听吧。"

栖梧没有动作。

顾希武无辜地笑了："我也很无聊啊。"

何栖梧拔掉耳机，将音乐声音调高了点。

梦有知，回我旧时院

透斑驳岁月再看他一眼

穿越碧落黄泉的思念

停泊在泼墨笔尖

秋香色晕开，盈盈谁衣边

小乔植成原是倾国颜

时光啊脚步请慢一些

追上暖不热的少年

……

顾希武饶有兴趣地问："这是什么歌？还挺好听的。"

何栖梧解释："不是什么知名的歌，是一本书的剧情歌，只有看过了那本书才能听得懂这歌。"

"哦，是什么书？"

"你不会喜欢的。"

"似乎那本书里有个暖不热的少年啊。"

"不。他只是假装自己暖不热。"

"这样啊。"

何栖梧听歌喜欢循环播放，喜欢一首歌一连听几天都不会生厌。这一点顾希武是早就知道的，所以两人听了一遍又一遍这歌，顾希武也不提让她接着播放下一首歌。

车子稳稳地停在何栖梧家楼下。

昏黄的路灯，朦胧了视线里的一切事物。

何栖梧对顾希武说："谢谢你送我回来。再见。"

她刚要打开车门，下一秒，顾希武慌乱地抓住了她的手。

"栖梧。"

何栖梧在黑暗中湿了眼，她不敢回头去看顾希武，怕被他发现。

"嗯。"

"把你的手机号码给我好吗？"

何栖梧沉默了会儿，才答："好。"

顾希武松了口气，听到何栖梧报出一串数字后铭记于心。

何栖梧下车时，眼睛已经干了。上楼前，她冲顾希武灿烂地笑了，并挥手告别。

顾希武离开后，何栖梧还站在路灯下。

她没有告诉顾希武，那个暖不热的少年与他太像，所以，她才会一遍又一遍地听着那歌。

半个小时后，何栖梧收到了顾希武发来的短信，告诉她这是他的手机号码，让她保存下。

再后来，她发现顾希武加了她微信好友。

而她因为顾希武的这些举动，彻夜难眠。

顾莱昨夜通宵，清早才回家，睡了一觉，醒来时已是下午。

手机里有几条未读短信，删掉 10086 的短信，就看到了顾希武的名字。

　　他把车还回来了，并告诉她他今天飞美国，暑假要参加一个交流项目。

　　她起身，边给顾希武打电话边伸了个懒腰。

　　到底年轻底子好，所以熬通宵只要睡一觉就还是能够神采奕奕的。

　　电话接通后，顾莱就冲那边吼："你要不要这么着急离开啊？"

　　"留在家里总是被催着交女朋友，很烦。"顾希武坦言。

　　顾莱轻笑："阿姨催你交女朋友啦，那还不简单，你把何栖梧带回家给她看看嘛。"

　　"顾莱。"顾希武语气变得严肃起来。

　　"怎么了啊？"顾莱有些疑惑，难道昨晚那么好的机会顾希武都没有明白地说出自己的心意吗？

　　"顾希武，你是懦夫。"顾莱没忍住掉了眼泪。

　　"你不懂。"顾希武惆怅道。

　　顾莱不服气："我怎么就不懂了，不就是因为仲锡遇吗？"

　　"我们之间永远都隔着一个仲锡遇。"

　　"顾希武，你可不可以忘了？我们就当从来都不知道这件事。"顾莱近乎祈求道。

　　"顾莱，你知道吗？见到栖梧的时候，我总是会忍不住地想要拥有她，我想做些什么事去弥补我们之间那五年的空白，可是当分开后，我的冲动就慢慢地被现实淡化了。现在的我们都挺好的，平静安逸。如果我跨出了这一步，也许栖梧会受到伤害。"

　　"你不努力过，你怎么知道栖梧跟你在一起就一定不会幸福？

而且我也不觉得她现在这样就是过得好，无欲无求，跟尼姑有什么
区别。顾希武啊，只有你能解救她啊。"

"你不是没有见过我爸妈，你觉得他们会接受栖梧吗？顾莱，
爱情有时候很伟大，有时候又很脆弱。我没有信心能够不让栖梧受
到伤害。"

"你就是考虑得太多了，你什么时候能有我顾莱的一半洒脱
啊？我喜欢谁，我就不求结果，享受过程就好，谁不是一开始相爱
结的婚最后还不是离了婚。现在这个社会，开心一刻是一刻，那么
多难过的事，谁能保证谁会一辈子幸福无忧。你是傻蛋、榆木脑袋，
我不想跟你说话了。"顾莱赌气地挂了电话，在心里骂了一句：大
傻瓜。

她再也不想理顾希武了。

这是顾莱最后一次联系顾希武。在那之后，她相了一次亲，相
亲对象颇合她口味，她大大咧咧地谈起了恋爱。她相亲对象问她以
前处过几个男朋友，顾莱很是不好意思地说她没有谈过恋爱。每次
想到此处，顾莱都无比怨念。

她把整个青春期都花在暗恋顾希武身上了，顾希武害她错过了
很多很美好的事情。

不过，顾莱觉得欣慰的是现在还来得及补回来。

转年3月底，顾莱约栖梧出来吃饭，那一天栖梧正好要去医院
复查，报告要等到下午才拿得到，所以中午她抽空去赴约。

没有想到，顾莱带来了一个男人。

　　那个男人长得挺有男人味，笑容坏坏的，笔挺的西装却被他穿出了雅痞的味道，三十多岁的样子，比顾莱成熟许多，也有品位许多，是个不错的相亲对象。

　　不仅如此。

　　"你好，我是赵嘉树。"

　　他一开口，栖梧的心都酥了。

　　低音炮啊，她喜欢的低音炮。

　　真羡慕顾莱。

　　她强忍着激动，面上淡定地说："你好，我是何栖梧。"

　　"顾莱常在我面前提起你。"

　　"是吗？她都说我什么？"

　　"说你是她的女神。"

　　"不愧是我最好的朋友，对我评价这么高啊。"栖梧笑了。

　　顾莱插话："那是。"

　　吃的是火锅，吃饭的时候，顾莱和她男人赵嘉树各种腻歪。

　　栖梧在一边尴尬得要命，好不容易挨到吃完饭。

　　知道栖梧有很多问题要问，顾莱借故使唤她男人去买她爱吃的甜品去了。

　　"老实交代，谈了多久了？你瞒得真严实。"

　　"几个月吧，你是我朋友里第一个知道的。"

　　"好吧，多谢厚爱。"

　　"我们打算 5 月结婚。"

　　"什么？"栖梧觉得自己没听清楚。

"我们一个月前订婚了，5月结婚，所以，何栖梧，你要不要来做我的伴娘啊？"

"我们……绝交吧。"栖梧作势要收拾东西离开。

顾莱急了："哎呀，你干吗？"

"我觉得自己受到了莫大的伤害，伤害值一万点。"栖梧痛心疾首道。

"少装。"顾莱不吃她这一套。

栖梧恢复正常的表情，认真地问："说真的，你足够了解他吗？"

"我不需要了解他啊，我也不想了解他，我知道我现在跟他在一起很开心就行了。男人嘛，还是有点神秘感可爱一点。"

"顾莱。"

顾莱收起嬉皮笑脸的样子，正襟危坐："好啦，我不开玩笑了，我不小心怀孕了，所以就只能结婚了。"

"呃……"栖梧的脑袋要炸了，这消息太令人震惊了，"顾莱，我真是说你什么好呢？"

"好啦，我都被我妈骂死了，你就爱我呵护我吧。"

"好吧。几个月啦？"

"快三个月了。你是孩子干妈，到时候要包个大红包啊。"

"哎……我会努力存钱的。"

顾莱从包里拿出了一份请柬，递给栖梧："上午刚拿到的，新鲜出炉，你是第一张。"

栖梧微微笑着，用手抚摸着请柬上的烫金边："时间过得真快，转眼间我身边的朋友都到了谈婚论嫁的地步了。"

"是啊，李禾蔓也快了吧。"

"嗯，日期大概定在年底。"

顾莱由衷地说："挺好的。"

"栖梧，我的第二张请柬寄给顾希武了。"

栖梧心里咯噔一下，笑靥如花的脸出现了裂痕，她语气平平道："哦。"

他就像个很久远的人一样，被尘封在时光的盒子里，落了灰。

有一段时间，栖梧每天都过得浑浑噩噩的，做什么事都心不在焉，抱着手机不离手，生怕自己错过了什么重要的信息。

然而，时间越长，她的心就越来越冷。

顾希武有了她的手机号，加了她的微信好友，却跟没事人似的，不说话仍然是两人的常态。栖梧很想问，他到底是为什么要了她的联系方式却不联系，每回气呼呼地打了一段质问的话却始终没有发送出去。算了，他爱怎么样就怎么样吧，到最后，她只能这么垂头丧气地想。

下午顾莱和赵嘉树送栖梧去医院拿报告，本来顾莱是要陪着栖梧一起去的，但是栖梧考虑到医院里病毒多，就没敢让她陪着，让赵嘉树把她送回家去了。

三点多的时候，她拿着报告去找她的主治医生，医生说她恢复得不错，又给她配了些保肝保肾的药，叮嘱她不要感冒。

栖梧上次感冒住了一个月的院，差点要了她的命，她当然知道这其中的利害关系。

走出医院后，因为心情还不错，她的脚步都变得轻盈了。

　　她不知道的是，赵嘉树因为在见到栖梧后，动了要把她介绍给他发小孙斯年的心思，说给顾莱听的时候，被顾莱一阵臭骂。

　　顾莱气不打一处来："就你那发小吊儿郎当的样子，也配。"

　　"我发小怎么了？好歹也算 Y 市有为青年。"

　　"算了吧，栖梧不缺追求的人。"

　　"你不是说她单身吗？怎么？要求很高啊。"

　　"不。她只是在等一头笨驴回头。"

　　"哦，原来是心有所属啊。也对，都这么大的人了，谁没有个喜欢的人啊。也只有我们顾莱小姐才会这样没心没肺，不把任何人放在心上。"赵嘉树调侃道。

　　对于顾莱自己说的她没有喜欢的人，赵嘉树深信不疑。

　　顾莱翻个白眼，没理他，自顾自地玩起了手机。

　　如果要是她坦白自己也喜欢那头笨驴，看赵嘉树气不气。

　　然而青春就是这样，喜欢一个人总是没有道理可言，而不了了之也是最常态的结局。

　　那些初恋就是结婚对象的人啊，可真是上辈子拯救了银河系了。

　　顾莱婚礼前一天晚上，Y 市刮起了妖风，震得窗户轰隆隆地响。她隔着电话对赵嘉树说："这是不是一种不祥的预兆？老天爷在暗示我，不要嫁给你这衣冠禽兽，会不幸福。"

　　赵嘉树冷哼："我还觉得这是老天爷在提醒我，结婚需慎重，娶了你以后就没好日子过了。不过，顾莱，你真的应该学会感恩，把你这祸害精收了，我勇气着实可嘉。"

"滚，一把年纪了，娶到我是你几辈子修来的福气。"

这两人隔着电话，净往自己脸上贴金，都觉得是对方捡到宝了。

不过第二天倒是个大晴天，天高云淡，昨晚的那阵妖风似乎刮走了所有的脏东西，连空气都变得清新了。

一大早，何栖梧就被接来了顾家，顾莱的伴娘除了栖梧，还有赵南和井榆以及顾莱的大学玩伴柳元贞，中韩混血，是个身材火辣的尤物。

伴娘服是烟灰紫的及膝裙，设计师将蕾丝与薄纱剪裁得轻盈空灵，设计上有一字肩、V领、圆领以及抹胸单肩之分，顾莱给栖梧穿的是那件抹胸单肩款，她觉得那件最美，而V领就适合柳元贞这种肤白胸大的妹子。伴娘团的颜值之高，让顾莱这个新娘子颇有面子，个个走出去都是勾人的小妖精啊。

化妆师在给顾莱的及肩短发做造型。

顾莱花了五年时间留的长发在上个星期被剪了，赵嘉树只当她是因为怀孕贪图方便才去剪的头发，未曾深想。短发的顾莱与长发的顾莱气质是不一样的，短发的她是娇俏活泼型的，长发的她是端庄淑女型的，各有千秋。

只是她心里有鬼。

没有人知道，她留长发是因为顾希武喜欢长头发的女生。大学期间，她模仿何栖梧的穿衣风格、模仿栖梧的发型、模仿栖梧的微笑，然后周末去顾希武的学校找他吃饭。顾希武与何栖梧不在一座城市，她总以为再深刻的感情也会变淡的，但是在顾希武眼里，无论她是不是变好看了，都与他没有关系。她顾莱还是那个只能做哥们的顾莱，不会因为打扮得像何栖梧，就享受起了顾希武对何栖梧的待遇。

顾莱选择在婚礼前剪头发，是因为她觉得嫁给赵嘉树，这是她的新生。

化妆师将顾莱的头发弄成波浪状定型，在一侧戴上巴洛克风格的树枝羽毛发饰，配上烈焰红唇，尽显复古奢华风。

顾莱看着镜子里的自己，美美地笑了。她今天的出门婚纱是抹胸式的，裙摆前短后长，腰间系着深紫色的锦缎，此刻化完妆一身轻松的她随意地盘腿坐在床上。

栖梧坐在沙发上喝着顾家佣人送来的桂花藕粉补充体力，赵南和井榆思考着待会儿捉弄新郎的招数，柳元贞忙着自拍、美图、发微博。

顾莱百无聊赖地摸着她找人精心设计的袜带，招来赵南和井榆说起了悄悄话。

良久，赵南偷笑："要做得这么明显啊？"

井榆不免惋惜道："这都多少年了，当年的绯闻男女居然还没有在一起，这说出去有人信吗？"

顾莱哀怨道："为了这俩小不要脸的，我是年年办聚会的节奏啊，就希望这两人能够有点进展啊。我都打算好了，今年若还是不了了之各奔东西，以后的每一年我都要办聚会把他俩聚起来，就折腾他们。"

井榆一副就靠你的样子，郑重地说道："任重道远，加油啊，顾莱。"

赵南坚定地点头："嗯，我看好你。"

八点钟的时候，赵嘉树和伴郎团来到了顾家。因着赵嘉树塞红包勤快，所以很容易就见到了新娘。顾莱就差翻白眼了，没节操的伴娘团，怎么能让他这么轻易地就娶到自己呢？

新人房一下子涌进来一帮人，显得有些拥挤。

摄影师各就各位地拍着，顾莱坐在床上，赵嘉树单膝跪在她面前，将紫色绣球花做的手捧花递给顾莱："顾莱，我爱你，嫁给我吧。"

低音炮的声音实在太诱惑人了，顾莱作为声控，不仅感动落泪，点头答应，还大方地送上了自己的香吻。赵嘉树给顾莱穿好鞋子后，就抱着顾莱出新房下楼到客厅给未来的老丈人和丈母娘敬茶磕头。

栖梧突然就有些羡慕，不靠谱的顾莱与稳重的老男人赵嘉树简直就是天作之合，赵嘉树的宠溺与顾莱流露出来的小女人样子，足够说明一切。

顾家的佣人安排赵家的亲友坐下来简单地吃了点茶水，顾莱就由着她舅舅公主抱着上了接亲的车。

婚车是一辆白色加长宾利，后面跟着五颜六色的跑车，颇为抢眼。

没办法，结婚的这俩都是土豪，低调不起来。

顾莱和赵嘉树的婚礼在四季酒店的玫瑰宴会厅举办，宴会厅前放着巨幅花墙，签到台旁就架着顾莱和赵嘉树的婚纱照。

整个会场以紫色和金色为主色调，紫色代表梦幻，金色代表权贵，是顾莱最喜欢的颜色。会场上方的紫色水晶灯发出璀璨耀眼的光芒，金色的铁艺餐桌上铺着紫色的桌布，每一张桌子上都点着蜡烛，烛光明明晃晃，烘托出浪漫的气氛，金色的盘子上放着用紫色的绸带系着的金色餐巾布，很是精美别致。桌花是白色的绣球花，绣球花的花语有希望、忠贞、永恒与美满的意思，用于婚礼再恰当不过了。

婚礼仪式定在11点08分，十点多的时候，顾莱在酒店房间换上了主婚纱，化妆师给她补了补妆，换了皇冠头饰，然后下楼和赵嘉树站一起准备迎宾。栖梧和一位伴郎坐在签到台后负责来宾的签到事宜。

嘉宾陆续到来，再过几分钟或者十几分钟就能看到顾希武了，这让栖梧的心里多了些许期待。

栖梧望穿秋水，然而一直到结婚仪式开始，顾希武都没有出现。明明顾莱说她打电话给顾希武确认过，他答应会来的，所以栖梧害怕他在路上是不是出了什么事。

台上，顾莱和赵嘉树在交换戒指，台下，栖梧低着头犹豫不决。

这一年，她和顾希武似乎在玩一场游戏，一场谁先找谁谁就输的游戏。

最终，她鼓足了勇气给顾希武发去了微信："顾莱今天大婚，你是不是忘记了？"

很快，栖梧就看到了"对方正在输入"这几个字，与此同时，心里松了口气。

"路上出了点事耽搁了，我已经到了，在宴会厅门口。"

栖梧往宴会厅门口看了看，顾希武果然在了，他穿白色的衬衫，袖口随意地撸在手臂上，清清爽爽地站在那里，颇有种遗世独立的感觉。他大概不知道自己被安排坐在哪里，才没敢冒冒失失地走进来。栖梧也没敢让他现在进来，因为他太扎眼了，走进来势必要引起骚动。

此时，舞台上司仪宣布新娘抛捧花，所有想要抢捧花的单身男女都往前跑，顾希武也趁着这混乱跑到了何栖梧的身边。

顾莱扫视了一眼舞台下，看到顾希武后忍不住笑了起来。她以为他今天真的不来了，还好，他还是来了。

赵南顾不上和多年未见的顾希武打招呼，拉着何栖梧来到了最佳位子，并榆在她另一侧，做好抢的准备。

顾莱转过身背对着抢捧花的人群，随手将捧花向身后扔去，赵南一个跳跃抓住了捧花，又故作手滑状，捧花直接落在了栖梧的怀里。

栖梧有些受宠若惊。

赵南懊恼道："哎呀，我还打算抢到捧花后结婚的。"

井榆揶揄："你个'单身汪'就别想得太美了。"

顾莱转过身看到捧花果真落到栖梧的手里了，给了赵南一个赞扬的眼神，果然大学里学了两年篮球的人就是不一样。

接下来，司仪端来一把金色的椅子，顾莱坐下来，赵嘉树要用牙齿解开系在顾莱大腿上的袜带，场下一片呼喊声，弄得顾莱平日里那么厚脸皮的人也一下子没忍住红了脸。

赵嘉树额头上都出汗了，终于解下了袜带，伴郎团一拥而上，想要抢。

赵嘉树将袜带举得高高的，拿着麦克风说："对不起了，我的兄弟们，今天这袜带已经有主人了，不能给你们了。"

"给谁了啊？"有人问。

"顾希武，谁是顾希武？快上来领走。"

几天前，赵嘉树第一次从顾莱的口中听到这个名字，顾莱把他夸得只有天上有，是举世无双的人，她要他务必把袜带交给顾希武。

在婚礼上，袜带有着很多美好的寓意，是吉祥物，接到袜带的单身男子就是下一个新郎。

赵嘉树不由得好奇："顾希武是谁啊？"

"你不是一直都好奇何栖梧喜欢的人是谁吗？"

"就是他啊。"

回忆戛然而止。

人群中爆发出整齐的呼喊声。

"顾希武。"

"顾希武。"

"……"

大家都在翘首以盼顾希武是何方神圣。

顾希武微叹了口气，走上了舞台。

得见庐山真面目，赵嘉树在心里为自己捏了把汗。

这不就是传说中的小鲜肉吗？长得这么帅，顾莱居然没动凡心，得多亏了这是何栖梧的人。

赵嘉树将袜带转交给顾希武，顾希武含笑说了声谢谢，正要转身离开。

顾莱拦住了他，拿着麦克风说："顾希武，你今天迟到了，是不是该有所表示啊，我给你留了个节目，你给我们大家唱首歌吧。"

顾希武接过司仪递过来的麦克风，无奈地摇摇头，就知道顾莱是不会轻易放过他的。

"唱歌就免了吧，我记不得歌词的。"

"不会，有首歌你是不会忘词的，我相信你。"顾莱说得信心满满，话音刚落，伴奏音乐就响起来了。

是《童话》，何栖梧中学时最喜欢的歌。

熟悉而又令人心痛。

栖梧想回到座位，却被赵南拉住手腕，顾莱眼尖，下来拉着她上了舞台，让她站在顾希武的身边。

"今天这两位，一位是拿到我捧花的我最好的朋友何栖梧，一位是我特地给袜带的第二要好的朋友顾希武，都是我顾莱希望的下一个结婚的人选，你们说他们俩配不配？"

井榆冲着舞台大声喊了一声："配……在一起。"

众人才恍然，原来这对是金童玉女，天生一对啊。

台下不嫌热闹，由赵南带头起哄道："在一起，在一起，在一起……"

栖梧的心咚咚跳动着，紧张地咬了咬唇。

顾希武笑了笑，妄图蒙混过去，对顾莱说："顾莱，你不是想让我唱歌吗？我先唱歌吧，这件事等没人的时候我会跟何栖梧说的。"

"不行，你对何栖梧说的话得让我们大家一起听听啊。"顾莱不依不饶地追着不放。

她胸有成竹，知道顾希武是做不来当众让何栖梧出丑这种事的。不然，他也就不是她认识的顾希武了。

顾希武陷入了左右为难的境地，这些年，他学会了一件事，越喜欢越深埋于心。

他逃避了这些年，难道真的要在这一天原形毕露吗？

他的表情，全都落入栖梧的眼中。

栖梧轻声对顾希武说："顾希武，想说什么就说什么，没什么大不了的。"就算众目睽睽，她也不怕丢人。

既爱他，又怎舍得看他为难？

顾希武也不再忸怩，对顾莱说："给我一杯白酒。"

井榆连忙倒了一杯白酒递给顾莱，顾莱递给顾希武的时候，笑着说："喝了这杯酒，你就得说了啊，我可是在用我的良辰吉时在为你们做嫁衣啊。可千万不要辜负我们。"

"好。"

顾希武忍着辛辣一口干掉，借着醉意也变得大胆起来，他面对着栖梧，暖暖地笑了。

"何栖梧，其实我们的相遇比你想象的要早很多，三年级的时候，我做了你半年的同班同学，你没能记住我。我们十三岁重逢，做了六年同学，分开了六年，如今我们都二十五岁了，走过了人生的三分之一，也算是比从前见多识广些。

"我曾以为我们的结局在高中毕业那年就已经写好，我们约定过要一起上北京的学校，对不起，那年我食言了。你在中山路哭的样子，我都看到了。可若是可以，我又何曾不想只陪在你的身边。但生活中总是有诸多的身不由己。后来，我的身边也出现了令我错乱的女生，我想试试，不是你，其他人可不可以。但真的不行。

"何栖梧，我对你始终做不到放手。我这辈子，也只会爱你一个人，再也没有别人，能够这样占据着我的整个青春年少，明亮未来。所以，何栖梧，你愿意跟我在一起吗？"

此刻顾希武眉宇间的深情，仿佛将那些年的岁月都变得熠熠生辉了。栖梧在心里细细描绘他的模样，想要就此刻在心里，永不忘记。

顾希武说他看到了她在中山路哭的样子，可是他当时为什么就不能过来抱抱自己呢？

那一天的她仿佛经历了人生的百态，是那样的单薄可怜。

那一年的中山路很热闹，人山人海。

学校的红榜上，顾希武榜上有名，分数达到了北大的录取线，却任性地选择了上海交大。

中山路是一中附近的一条商业街，栖梧约顾希武去了那边的咖啡店谈话。

她问他为什么食言了，他们不是约定好了要一起去北京的学校的吗？为了这个约定，她那么努力那么努力。

顾希武说："栖梧，没有谁能陪另一个人到天荒地老，我也做不到。"

后来，顾希武留下了一个清冽的背影给栖梧。

而她原本是想跟他告白自己的心意的。

她想告诉他，不知道从什么时候开始，我就喜欢上你了，也许是因为你是最了解我的人，也许是因为我被你为我挑香菜的样子迷倒了，也许是因为你是唯一一个会与我整夜打电话的人，总之就是喜欢上了。顾希武，你也喜欢我吗？

走出咖啡店后，起风了。

栖梧心里很难过，却不敢放声大哭，她紧紧地捂着嘴，用了很大的力气才忍住不号啕大哭。她告诉自己，风真大，沙真讨厌，是顾希武先转身离开的，她都已经失去他了，若再哭得歇斯底里不顾形象是不是太可怜了。

夏日炽热的阳光炙烤着大地，路上行人匆匆，可是栖梧因为心灰意冷一点都没觉得热。

那日下午，何栖梧虚无地站在十字路口。

她眼神空洞地望着不远处的红灯，多希望红灯之后，顾希武就能走到她的面前，然后对她说："何栖梧，我永远都陪着你。"

然而，她什么都没等到，只等来了天黑，与更为落寞的绚烂的霓虹。

这些年，栖梧一直都在催眠自己，顾希武，也许明天我就不再喜欢你了。可是，明天过去了依旧还是明天，没有终点。

"如果今天不是顾莱的相逼，也许你永远也不会对我说出这番话。我想先谢谢顾莱的胡闹，让我听到了我这辈子最想要听到的话。原来在这个世界上，不只是我喜欢顾希武，顾希武也在喜欢着我，这就够了。"栖梧眼睛红得跟兔子似的，一度哽咽。

很多人都以为错过之后纠正即可，却不知道有些事有些人一旦错过，就再也回不去了。

栖梧眼神坚定地望着顾希武，惨淡地笑："然而，怀念过去并没有错，错的是停留在过去走不出，顾希武，我们都错了。不曾如愿的暗恋就像是过期的口红，曾经很喜欢，但现在只能放着，虽不舍得扔掉，但也不会再碰了。对不起，我不能接受你，喜欢你实在太疼了。"

全场一片哗然。

　　她拒绝了。

　　顾莱以为自己出现幻听了，若不是顾及自己怀孕，早就上前去撕了何栖梧了，这娃脑子秀逗了，她居然拒绝了顾希武。赵嘉树握着顾莱的手，怕她冲动。顾莱好不容易才压制住自己的怒火。

　　司仪出来缓和气氛："如果顾先生三十岁还没结婚，那么何小姐，你就嫁给他吧。"

　　顾希武似是得到了灵感，硬着头皮问："栖梧，你同意吗？五年后，若你未婚，我未娶，你就嫁我为妻。"

　　既然忘不掉的时光里都是你，既然余生终要有人陪着走过，既然再无法如此深爱一个人。

　　那么，有何不可呢？

　　但栖梧不敢答应。

　　因为，她的余生也许还没回忆长。

后记

致亲爱的何小姐和顾先生

你是否也曾那么深爱一个人？用尽一整个青涩美好的年少岁月。

故事开始于 2003 年的 9 月，却不得不暂时结束于 2015 年的初夏。

因为现实生活中的"何栖梧"和"顾希武"在那之后就没有再见过一次面，他们虽然有彼此所有的联系方式，但是大家都默契地选择了默默关注，谁也没有想过要去打扰对方平静的生活。

所以，我还要写什么呢？至少在我写这篇后记的时候，他们还没有在一起。至于以后在不在一起，那也是以后的事情了。

我曾经以为突然生病这种事只发生在上了年纪的人身上或是电视剧里，可是当真的年纪轻轻时就经历了，才知道当时的想法有多天真。而并不是癌症这些大病才值得被人珍视，人的身体是有很多学问在其中的，越是没有反应也许病变就已存在，当医生对你说这种病是没办法治愈的，你才体会到那份绝望是由骨子里透出来的。为了不拖累别人，这些人常常都将自己保护起来，一层一层的，封闭自己的世界。

2016年3月，一位不常联系的阿姨打电话给何栖梧说要给她介绍一个男孩子，是她阿姨一个朋友的儿子，现在在读博，透露的种种信息都不得不让何栖梧怀疑，那个男孩子就是顾希武。可是这个世界上真的有这么巧妙的缘分吗？她怀着无比忐忑的心情让她阿姨发一张照片给她看看，然后她就看到了顾希武的照片，那一刻，她哭得泪流满面。

但是冷静下来后，她不得不压抑住内心的那份冲动，为了怕自己主动找顾希武询问这件事，她把自己憋坏了。后来这件事也就不了了之了。大人之间互相传话，传了什么，何栖梧不得而知。只知道，顾希武始终都不曾来找过她。她伤透了心。

2016年4月，何栖梧的妈妈去给她算命，她妈自从她生病后就有些迷信了，算命的说她的另一半已经出现了，他们见过，只是现在还没成功。她妈把这件事转达给栖梧的时候，也怀疑过这个另一半会不会就是顾希武，何栖梧没有说话，一个人默默地流了一夜的眼泪。

在顾希武每日奔波于实验室的时候，何栖梧在上班、在养花，偶尔写些稿子，生活过得平静而安逸，每个月定时去医院复查，偶尔忘记吃药还是会被何妈一阵臭骂，也会因为每天吃药而烦躁痛苦。但又庆幸，她还活着，活着经历人生的这些悲欢离合。也许，正因为不确定未来会怎样，所以她现在的每一天都过得挺珍惜的。

不知当这本书出版上市的时候是 2016 年年末还是 2017 年，我希望那时候，现实生活中的顾希武和何栖梧能够更勇敢点，打破现如今的僵局，突破所有的障碍，然后，在一起。

也愿所有看到这本书的读者朋友，都不是何小姐与顾先生。

任初

写于 2016 年 5 月 16 日

扫一扫看更多图书番外，作者专访

【官方 QQ 群：555047509】

每周丰富多彩的群活动，好礼不停送！
作者编辑齐驾到，访谈八卦聊不停！